Markus Heitz
Vampire! Vampire!

SERIE PIPER

Zu diesem Buch

Im Winter 1731 kommt es im Dorf Medvegia südlich von Belgrad zu einer Reihe unheimlicher Todesfälle. Panik bricht in der Bevölkerung aus, als immer mehr Menschen nach albtraumhaften Begegnungen mit Nachtgeschöpfen sterben. Eine Sonderkommission exhumiert die Opfer und kommt zu dem Schluss, dass sie noch im Tod unnatürlich »lebendig« wirken. Diagnose: Vampirismus. Kurzerhand werden die Toten gepfählt... Dieser berühmteste Fall von historisch verbürgtem Vampirismus ist Ausgangspunkt für Markus Heitz' brillant recherchierten Band über die Blutsauger. Wann nahm der Mythos seinen Ursprung, wer war Graf Dracula wirklich? Wie kann man sich gegen Vampire zur Wehr setzen? Gibt es glaubhafte Beweise für ihre Existenz, und was ist purer Schwindel? Wie kein zweiter führt Bestsellerautor Markus Heitz diese spannende, rasante und immer wieder augenzwinkernde Expedition durch die Geschichte der Blutsauger.

Markus Heitz, geboren 1971, lebt als freier Autor in Zweibrücken. Seine Bestseller um die »Zwerge«, alle bei Piper erschienen, sind das Fantasy-Phänomen des neuen Jahrtausends und wurden in acht Sprachen übersetzt. Bislang gewann Markus Heitz sechs Mal den Deutschen Phantastik Preis, im Jahr 2007 in drei Kategorien, unter anderem für seinen Roman »Die Mächte des Feuers«. Weiteres zum Autor: www.mahet.de

Markus Heitz

VAMPIRE! VAMPIRE!
ALLES ÜBER BLUTSAUGER

Piper München Zürich

Mehr über unsere Autoren und Bücher:
www.piper.de

Von Markus Heitz liegen bei Piper vor:
Schatten über Ulldart. Ulldart – Die Dunkle Zeit 1
Der Orden der Schwerter. Ulldart – Die Dunkle Zeit 2
Das Zeichen des Dunklen Gottes. Ulldart – Die Dunkle Zeit 3
Unter den Augen Tzulans. Ulldart – Die Dunkle Zeit 4
Die Magie des Herrschers. Ulldart – Die Dunkle Zeit 5
Die Quellen des Bösen. Ulldart – Die Dunkle Zeit 6
Trügerischer Friede. Ulldart – Zeit des Neuen 1
Brennende Kontinente. Ulldart – Zeit des Neuen 2
Fatales Vermächtnis. Ulldart – Zeit des Neuen 3

Die Zwerge
Der Krieg der Zwerge
Die Rache der Zwerge
Das Schicksal der Zwerge

Die Mächte des Feuers

Vampire! Vampire!

Originalausgabe
November 2008
© 2008 Piper Verlag GmbH, München
Umschlagkonzeption: Zero, München
Umschlaggestaltung: HildenDesign, München –
www.hildendesign.de
Umschlagabbildung: Anne Stokes, Agentur Luserke
Autorenfoto: Arne Schultz
Satz: Filmsatz Schröter, München
Druck und Bindung: CPI – Clausen & Bosse, Leck
Printed in Germany   ISBN 978-3-492-29181-1

JACOB: »Hat jemand hier ein echtes Buch über Vampire gelesen, oder erinnern wir uns nur an das, was wir in den Filmen gesehen haben? Ich meine, ein echtes Buch?«

SEX MACHINE: »Du meinst, wie ein *Time-Life*-Buch?«

Alle lachen

Dialogszene aus dem Vampirfilm »From Dusk Till Dawn« von Quentin Tarantino

Inhaltsverzeichnis

Vorbemerkung   9

Einführung   14

Kapitel I
»Es war einmal ...«   21

1. Vor dem großen Schrecken –
   Vampirfälle vor 1731/32   21
2. Willkommen in Medvegia!   37

Kapitel II
Moment mal – was kann denn ein
Vampir so alles?   50

1. Wer wird zum Vampir?   50
2. Das Äußere   64
3. Das Verhalten des Vampirs   67
4. Fähigkeiten und Kräfte des Vampirs   79
5. Vorsichtsmaßnahmen   84
6. Direkte Abwehrmittel   98
7. Aufspüren und Vernichtung des Vampirs   103
8. Der Nachzehrer als »deutsche«
   Vampirvariante   117
9. Und nun der Versuch einer Definition
   von »Vampir«   124

Kapitel III
Ein kleiner verwirrender Exkurs
zum »Vampir« 128

Kapitel IV
Blutiges Rauschen im Blätterwald 141

1. Akten und Zeitschriften 141
2. Die Auseinandersetzung 154
3. Nachfolgende Vampirerscheinungen 179
4. Erklärungsversuche des 19. und
   20. Jahrhunderts 183

Kapitel V
Nachschlag 192

Literaturverzeichnis 213

1. Primärliteratur und Quellen 213
2. Sekundärliteratur 216

Vorbemerkung

Ulldart, Zwerge, Drachen in den Zwanzigerjahren, Cyberpunk, Dunkle Spannung – in den letzten Jahren kam schon einiges an Werken zusammen. Liebesromane, Krimis, Space-Operas sowie hochliterarische Dramen und was mir sonst noch an Genres fehlt werden später an der Reihe sein.

Es wurde Zeit für ein Lach- und Sachbuch!

Nun ja, zum Lachen ist das Buch eher sekundär. Vermutlich immer dann, wenn es besonders abstrus klingt, was der Volksglaube zu meinen Lieblingen sagt: den Vampiren!

Abstrus für unsere *moderne* Sicht. Liest man die Stellen jedoch genauer, erinnert sich, aus welcher Zeit sie stammen, und versucht auch nur ein bisschen, sich in ebendiese Zeit hineinzuversetzen, wird einem das Lachen im Hals stecken bleiben.

Es geht in den Osten Europas.

Eine Welt ohne allgegenwärtiges Licht.

Keine Straßen- und keine Taschenlampen, die Wälder sind dichter und wilder und nachts eine Wand aus Schwärze; ein Marsch durch die Dunkelheit *ist* ein Marsch durch die Dunkelheit. Nirgends werfen die Millionen Glühbirnen einer großen Stadt ihren Schein an den Nachthimmel, um einem Wanderer den Weg zu weisen. Einsamkeit bedeutet tatsächliches Nichtvorhandensein anderer Menschen im Umkreis von vielen, vielen Kilometern. Kein Telefon, kein Handy und auch sonst keine Möglichkeit, sich bemerkbar zu machen ...

Die Menschen glauben noch auf eine andere, intensivere

Art an Gott. Gleichzeitig besitzt das Böse für sie Macht und Einfluss auf das tägliche Leben. Und mehrere Gestalten. Reale Gestalten: Hexen, Werwölfe, Zauberer, Nachtschrecken und andere dämonische Kreaturen tummeln sich in ihrer Vorstellung um sie herum, die mit christlichen Symbolen in Schach gehalten werden können.

Und genau in diese Welt bewegen wir uns hinein, wenn wir die zahlreichen historischen Quellen zum Vampirismus erkunden.

»Der Vampirglaube, so fremd und fern er uns Menschen von heute auch vorkommen mag, er war ein Kind seiner Zeit und wurde ernst genommen bei reich und arm. (...) Die Menschen handelten keineswegs leichtfertig oder gar aus Sadismus heraus, sondern aus einer tieferen, inneren Not gegenüber einer geheimnisvollen Macht. Es wäre falsch, über sie zu lächeln oder sie gar als ›dumm‹ zu bezeichnen. Wir können nur stilles Erbarmen für sie hegen und von Herzen dankbar sein, dass die Ergebnisse der wissenschaftlichen Forschung, insbesondere der Medizin, uns heute vor solchen Angstzuständen bewahren«, schreibt Leo Gerschke im Westpreußen-Jahrbuch von 1962 am Ende seiner Betrachtung über den Vampirglauben im alten Westpreußen im Laufe der Jahrhunderte.[1]

Recht hat er!

Verwirrt, weil es um Vampire geht und *wissenschaftlich* klingt?

Überrascht, weil es in der Tat etwas Wissenschaftliches darüber *gibt*?

Gut so!

---

[1] Gerschke, Leo: Vom Vampirglauben im alten Westpreußen. Westpreußen-Jahrbuch 12 (1962), S. 94.

Auch Blutsauger möchten ernst genommen werden, denn sie haben ein Recht darauf. Schließlich gibt es sie schon lange genug als Phänomen, das bis heute erstens nicht verschwunden ist und zweitens seine Anziehungskraft nicht verloren hat.

Und schon sind wir mitten in der Materie: Woher kommen Vampire? Was vermögen sie? Warum faszinieren sie uns Menschen nach wie vor?

Und vor allem: Warum waren zu Beginn der Dreißigerjahre des 18. Jahrhunderts – als Händels Musik Erfolge feierte, Voltaire seinen »Brutus« schrieb, der Sextant erfunden wurde und hier und da Kriege geführt wurden – zahlreiche Menschen in Europa überzeugt, dass es Vampire tatsächlich gibt?

Vampire – verflucht, wie zur Hölle (die wird später übrigens auch eine Rolle spielen) kommt man darauf, ein solches Thema ernsthaft anzupacken?

Zum einen: Ich habe viele Romane gelesen, und wenn man im Horror-Bereich unterwegs ist und solche Bücher mag, kommt man mit den Vampiren zwangsläufig in Kontakt. Zum anderen: Ich bin gelernter Historiker und war Journalist. Nachforschungen und das Wühlen in historischen Aufzeichnungen, Quellen und Verweisen machen mir wirklich Spaß! Und damit habe ich den Beweis erbracht, dass ein Geschichtsstudium abseits vom Lehramt nicht automatisch brotlose Kunst bedeutet ...

Am Anfang stand mein Interesse herauszufinden, woher der europäische Aberglaube kommt, auf den sich die vielen Bücher und Filme beziehen und der durch seine morbide Faszination Menschen in seinen Bann zieht.

Und das nicht nur heute.

Als Nebeneffekt der Recherche habe ich dann selbst noch ein Buch über Vampire geschrieben: »Kinder des Judas«. Diese

Sorte Vampir, die zum einen ein wenig ins Klischee des Filmvampirs fällt, zum anderen gänzlich anders ist, taucht hier auch noch auf. Zu dem, was über die Kinder des Judas bekannt ist, habe ich im Roman meine eigenen erfundenen Ideen gemixt.

Literarisch betrachtet haben sich außer mir viele Autoren mit dem Blutsauger beschäftigt, ob Goethe, Heine, Sheridan Le Fanu, Edgar Alan Poe, Guy de Maupassant, Alexej K. Tolstoi, Nikolai Gogol, Bram Stoker oder auch Anne Rice und Stephen King sowie buchweise andere geschätzte Kollegen der Gegenwartsliteratur. Ihre Klassiker und modernen Bestseller haben die Schreckgestalt Vampir als Mittelpunkt.

Demnach, so meine legitime Vermutung, musste sich in der Vergangenheit mindestens eine »unerhörte Begebenheit« ereignet haben, die den heute bekannten Blutsauger in irgendeiner Weise berühmt machte.

Wer konnte ahnen, dass es letztlich gleich so viele waren und die spektakuläre Hochphase definitiv im 18. Jahrhundert liegt?

Meine Nachforschung begann – und hat mich mit ihren spannenden Ergebnissen selbst überrascht.

Das Problem, das sich mir bei der Recherche stellte, war nicht die Sekundärliteratur des 20. Jahrhunderts, die sich erstaunlicherweise als sehr umfangreich erwies – umfangreicher, als ich erwartet hätte.

Viel schwieriger war es, an alte Zeitungsartikel, Dissertationen und Aufsätze aus dem 18. Jahrhundert zu gelangen, die offensichtlich kaum in deutschen Bibliotheken vorhanden sind. Lagen sie theoretisch dann doch vor, wurde mir des Öfteren mitgeteilt, dass die Werke zum Schutz der Seiten nicht ausgeliehen oder kopiert werden dürften.

Hin und wieder waren sie auch schlicht geklaut – und schon könnte man denken: Aha. Eine Verschwörung der Vampire!

Glücklicherweise gibt es moderne Sammlungen, durch die man an die Quellen gelangen kann. Wobei mich manchmal der Eindruck beschleicht, dass einige Autoren grandios voneinander abgeschrieben haben.

Ein neuerliches Problem kam hinzu: Verwirrend war die unterschiedliche Schreibweise von Städten und Ortschaften, nicht nur in den überlieferten Texten, sondern auch in der Sekundärliteratur, die eine Einordnung der aufgetretenen Vampirfälle zusätzlich erschwerte.

Englische Schreibweisen wichen von französischen ab, deutsche Schreibweisen variierten zusätzlich untereinander, in einem Buch wurde ein Fluss kurzerhand zu einer Stadt umbestimmt. Personen hießen unvermittelt anders, obwohl es sich um dieselben Orte, Zeiträume und Begebenheiten handelte.

Ja, ich weiß. Könnte auch zur Verschwörung der Vampire gehören …

Tatsache ist, dass wenige Menschen über den Hintergrund der Vampire – den tief verwurzelten Glauben, der die Menschen vor allem auf dem Balkan beherrschte – Bescheid wissen. Oder von dem »typisch deutschen« Vampirtypus, dem Nachzehrer, gehört haben.

So gehe ich davon aus, dass auch die Leserschaft von dem, was sie auf den folgenden Seiten zu lesen bekommt, größtenteils überrascht sein wird.

Ach ja … Dracula kommt nur kurz drin vor.

Einführung

SETH: »Ja, ich weiß, was los ist. Wir haben ein Bündel von scheiß Vampiren da draußen, die versuchen hereinzukommen und unser scheiß Blut aussaugen wollen. So ist das, schlicht und einfach.
Und ich will nicht so eine Scheiße hören wie ICH GLAUBE NICHT AN VAMPIRE, weil ich verdammt noch mal auch nicht an Vampire glaube.
Aber ich glaube meinen eigenen scheiß Augen, und mit meinen beiden Augen sah ich beschissene Vampire!
Also, stimmen wir darin überein, dass wir es mit Vampiren zu tun haben?«

Alle nicken.

Dialogszene aus dem Vampirfilm »From Dusk Till Dawn« von Quentin Tarantino

Trotz des fiktionalen Einstiegs der strikte Hinweis: Es wird in diesem Büchlein nur nebenbei um die erfundenen Exemplare der Gattung Vampire gehen. Erfunden im Sinne von »durch Belletristikautoren und -autorinnen sowie Filmleute ausgedacht«. Die herrlich deftigen Zitate aus dem Film »From Dusk Till Dawn« sollen lediglich zeigen, dass ein bisschen Grundwissen noch niemandem geschadet hat. Seth und Jacob wären über die kommenden Infos glücklich gewesen.

Der Schwerpunkt liegt definitiv auf solchen Kreaturen, die im Volksglauben vor allem in der Vergangenheit gefürchtet waren. Und trotz des immensen Umfangs und Abwechslungsreichtums der Realvampire kann es nur eine Einführung sein, ohne dass ich einen Anspruch auf Vollständigkeit erhebe. Dazu gibt es zu viel Material.

Der kurze Ausflug zu den Glanzlichtern in der Historie des Vampirismus wird zeigen, wie es zu unserem heutigen Vampirbild gekommen ist. Nicht zu vergessen die Kräfte und Fertigkeiten der Vampire.

Natürlich ist bei manchen von mir zitierten Autoren Vorsicht angeraten, und ich rege dazu an, bei näherem Interesse selbst weitergehende Nachforschungen anzustellen. Zum Beispiel, wie man darauf kommt, in Westpreußen nach Vampiren zu suchen, wo doch die Langzähne normalerweise im tiefen Osten beheimatet sind. Sollte man zumindest glauben.

Um es vorweg zu sagen: Nicht nur Westpreußen hatte in der Vergangenheit bestimmte Vorstellungen von den gefährlichen, wiederkehrenden Toten.

Bei näherer Betrachtung wird schnell deutlich, dass es sich bei Vampirismus oder vampirismusähnlichen Begebenheiten vielmehr um ein weltumspannendes, kulturenumfassendes Phänomen handelt, das in den unterschiedlichsten Zeiten und Ländern unabhängig voneinander auftrat. Dadurch präsentierte es sich in den Vorstellungen der Menschen jedoch nicht weniger unheimlich, grauenvoll oder schrecklich.

Beispiele gefällig?

Fangen wir mit der Untoten-Rundreise an.

Auf den vor der Küste Nordaustraliens liegenden Inseln kennen die Bewohner die sogenannten Forsos, zurückkehrende Tote, die ihre lebenden Verwandten heimsuchen und deren Vorhaben behindern. Eigenheiten, welche auch die gemeinen europäischen Vampire besitzen. Was genau einen Vampir ausmacht, dazu später mehr.

Die arabischen Länder wissen um die Ghoule, leichenfressende Nachtwesen mit spitzen Reißzähnen, die auf Begräbnisstätten lauern. Begräbnisstätten, Friedhöfe – auch hier ist die Verwandtschaft zum Vampir nicht zu verleugnen.

Die Japaner nennen ihren mit dem Ghoul verwandten bösen Geist Kasha, die chinesischen lebenden Toten heißen Kuei. Zum Kuei werden solche Menschen, die in ihrem irdischen Leben nicht genügend Verdienste erworben haben. Leistungsdruck mit besonderem Ansporn, könnte man sagen.

Ein Hindu, der durch Gewalteinwirkung starb oder dessen Leiche ohne Zeremoniell begraben wurde, kehrt als Preta zurück, der willkürlich gegen alle lebenden Wesen vorgeht, die ihm begegnen. Hass auf die Lebenden – wieder etwas, das ihn mit den meisten Vampiren verbindet. Vampire sind nun einmal nicht eben bekannt dafür, dass sie Reichtümer verschenken und gute Gaben verteilen.

Auf Haiti sind die Revenants gefürchtet, Seelen, die in die toten Körper zurückkehren, weil sie spüren, dass sie von den Lebenden vergessen werden. Die indische, mehr geisterhafte Vampirrasse wird Vetala oder Rákshasa genannt, auch sie legt sich in der Nähe von Grabstätten auf die Lauer und wartet auf Opfer.[2]

Im Ashantiland heißen die Vampire Asanbosam, in Guinea Owenga, die Madagassen nennen die Blutsauger Ramanga. Der Vampir »Azeman« treibt dagegen nur in bestimmten Gegenden des nordöstlichen Südamerikas, im früheren Suri-

---

[2] Ingpen, Robert / Page, Michael: Encyclopaedia. Augsburg 1991, S. 220 ff.

nam oder Holländisch Guyana, sein Unwesen.[3] Die Mexikaner haben Furcht vor einem Vampir namens Civateteo, Brasilien verfügt sogar über zwei Spezies, die Jaracaca und die Lobishomen[4]; ein ganz gefährliches Gebiet ist Malaysia, wo mehr als sechs verschiedene vampirische Geister leben.[5]

Die generelle internationale Vielfalt ist beeindruckend: Anthony Masters zählt in seinem Buch rund vierzig Sorten Vampire in mehr als dreißig Ländern auf.

Grenzenlose Vielfalt: Die eben kurz vorgestellten Vampirrassen, -verwandten oder vergleichbaren Wiedergängerphänomene haben unterschiedliche äußere Erscheinungsformen, treten als geisterhafte Wesen auf, leben in verwesenden Körpern oder verändern erst dann ihr Aussehen, wenn sie zu einem der gefürchteten Wesen geworden sind.

Doch bleiben wir zunächst in unserer direkten Nachbarschaft.

Zu Beginn des 18. Jahrhunderts war im westlichen Europa von Vampiren kaum etwas zu hören oder zu sehen. In den Köpfen der Menschen waren zu dieser Zeit eher die Erinnerungen an Hexenverfolgungen und -prozesse präsent, die vor allem im 17. Jahrhundert ihren Höhepunkt erreicht hatten.

1725 wurde im Umland Wiens eine »entsetzliche Begebenheit«, sprich Vampirbefall, aus einem Dorf namens Kisolova bekannt und durch Flugblätter verbreitet. Ansonsten blieben diese Nachrichten aber noch weitgehend unbemerkt.

---

[3] Masters, Anthony: The Natural History of the Vampire. New York 1972, S. 47–49.
[4] Masters, S. 50/51.
[5] Masters, S. 56–64.

Sieben Jahre später jedoch spitzte sich die Lage zu, was in einer regelrechten Vampirhysterie gipfeln sollte, von der ganz Westeuropa ergriffen wurde.

Ausgelöst wurde sie 1732 durch die nun international verbreitete Nachricht über den Vorfall in Medvegia, bei dem etwa ein Dutzend Vampire ein Dorf terrorisierten, Menschen quälten und töteten.

Richtig: *ein Dutzend*!

Die fast unglaublichen Ungeheuerlichkeiten über lebende Tote, die nachts Menschen nachstellten, um ihnen das Blut auszusaugen, nahmen von nun an zu und wurden immer öffentlicher.

Man kramte in Archiven und erinnerte sich plötzlich an Vampirbegebenheiten aus früheren Jahren, die damals wohl untersucht oder zur Kenntnis genommen worden waren, allerdings nicht die Beachtung gefunden hatten, wie sie sie im Nachhinein erfahren sollten.

Das Besondere an Medvegia ist, dass der Vampirglaube und die Ereignisse nicht als abergläubisches Phänomen der ungebildeten Landbevölkerung abgetan wurden, sondern dass die Obrigkeit des Kaiserreichs Österreich-Ungarn gleich zwei (!) Untersuchungskommissionen, bestehend aus hochrangigen Offizieren und Ärzten, in das Gebiet entsandte, um die Begebenheit zu erforschen.

Nebenbei bemerkt: Es wäre interessant zu erfahren, ob die UN bei ihrem Bosnisch-Kroatisch-Serbischen Friedenseinsatz in den Neunzigern oder vielleicht heute noch bei aktuellen Schutzmissionen in den Gebieten ähnliche Beschwerden oder Hinweise von der Bevölkerung bekommen hat. Das wäre ein weiterer Beleg, wie gegenwärtig und selbstverständlich der Glaube an die Schreckensgestalt in jenen Breiten ist.

Da nicht öffentlich bekannt wurde, dass entsprechende Vampir-Anfragen an die Bundeswehr oder andere Behördenstellen gerichtet wurden, mein Tipp: Sollte jemand zufällig Freunde und Bekannte haben, die mit der Bundeswehr dort stationiert waren oder vielleicht gebürtig aus den klassischen Vampirregionen stammen, einfach mal nachhaken.

Doch zurück in die Vergangenheit des 18. Jahrhunderts.

Die Berichte aus dem Jahr 1732, welche die Existenz der Blutsauger nicht anzweifelten, sondern vielmehr den Volksglauben bestätigten, waren es, welche die Neugier im westlichen Europa erregten und eine Lawine ins Rollen brachten.

Kein Scherz!

In der Folge beschäftigten sich hoch dotierte Expertenkommissionen von angesehenen internationalen Universitäten genauso fieberhaft mit den Vorfällen wie Laien, Geistliche und Schriftsteller. Es erschienen Unmengen von Büchern, Artikeln und Stellungnahmen, welche die Vampire mithilfe der unterschiedlichsten Theorien erklären wollten. Oder das Phänomen schlicht als Lüge und Trugbild abtaten.

Wer sich die Originale der Berichte anschauen möchte und die Reise nicht scheut: Das Wiener Hofarchiv verwahrt die Originalakten, Schriftwechsel und Anordnungen des Kriegsrates zu den Vampirfällen bis zum heutigen Tag.

Aber eines nach dem anderen.

Die Frage, die man sich automatisch stellt: Gibt es *den* Vampir überhaupt als einen charakteristischen Typus?

Dass der Vampir es selbst mystisch liebt, merkt man spätestens dann, wenn es um die Ursprünge des Blutsaugers geht.

Bis heute streitet sich die Forschung, worauf der Glaube fußt. Nicht viel besser wird es übrigens bei der Etymologie des Wortes »Vampir«. Hier treten etliche Schwierigkeiten auf.

Absicht oder Zufall?

Da ist sie wieder, die Verschwörungstheorie... Hatten die Vampire ihre Finger im Spiel, um sich nebulös zu machen?

Wie sonst könnte man die vielen verschiedenen Erklärungsversuche der Kirche, Wissenschaftler und Schriftsteller deuten? Gemachte Vielfalt?

Der plötzlich in Mode gekommene Blutsauger wurde einmal als Hirngespinst verdammt, oder aber die seltsamsten Beweisführungen wurden erbracht, um die Existenz des Vampirs wissenschaftlich zu beteuern und zu belegen.

Apropos nebulös und verwirrend: In der existierenden Sekundärliteratur wimmelt es von völlig widersprüchlichen Meinungen zu Hintergrund, Regionen und Vorhandensein des Vampirglaubens.

Noch ein geschicktes Manöver der Vampire? Denn wenn viele Informationen gestreut werden, wissen eventuelle Gegner wiederum alles und nichts.

Außerdem gibt es dann noch die »echten« Vampire in der näheren Gegenwart...

Begeben wir uns also auf die Spurensuche und versuchen, etwas Licht in die Gruft zu bringen und die Geheimnisse der Vampire aufzudecken.

Noch eine kleine Warnung: Menschen mit leichtem Hang zum Verfolgungswahn werden danach überall Vampire sehen.

Pflöcke schnitzen, Messer wetzen und Benzin für ein lustiges Feuerchen suchen – es könnte gefährlich werden...

Kapitel I
»Es war einmal ...«

1. Vor dem großen Schrecken – Vampirfälle vor 1731/32

Der berühmteste aller Vampirfälle in Medvegia aus den Jahren 1731/32 ist kein plötzlich auftretendes Phänomen, das vorher noch nie in Erscheinung getreten wäre. Im Gegensatz zu den anderen Fällen ist dieser durch die offizielle Untersuchung der Obrigkeit am weitesten über die Landesgrenzen hinaus bekannt geworden. Das Ausmaß der dort auftretenden »Vampirepidemie« sprengte jeden vorherigen Bericht; davor handelte es sich meistens um Einzelerscheinungen.

Nichtsdestotrotz hat es Hinweise auf Vampirismus und sich ähnlich verhaltende Wiedergänger bereits in den Jahrhunderten zuvor gegeben.

Die Furcht vor den lebenden Toten, die es auf das Blut und das Leben von Menschen und Tieren abgesehen hatten, sowie vor blutsaugenden Wesen herrschte bereits in der Antike.

Die Griechen und Römer ängstigten sich vor den Lamien, gespenstischen Frauen, die durch allerlei Zauberkunst Kinder, darunter vorzugsweise schöne Jungen, anlockten, ihnen das Blut aussaugten und das Fleisch genossen.[6] Verwandte von

---

[6] Sturm, Dieter / Völker, Klaus (Hrsg.): Vom Erscheinen der Vampire. Dokumente und Berichte. München 1973, S. 63.

ihnen sind unter anderem die Lemuren, Empusen und auch die Strigen[7]; die Mormo, Larua und Gilo gehören ebenso dazu.[8]

Wie sehen diese Schreckgestalten nun aus?

Die Empusen nutzen einen Trick, den auch Vampire beherrschen: Sie verändern ihre Gestalt, um an ihre Opfer zu kommen. Sie erscheinen als Ochse, Maultier, schöne Frau oder Hund; das Gesicht leuchtet feuerrot, ein Bein ist aus Erz, das andere aus Eselsmist [Anm. d. A.: Ich habe keine Ahnung, wie das aussehen soll.]. Sie töten in erster Linie Kinder, um deren Blut zu trinken.[9]

Die Strigen wiederum sind dämonische Nachtvögel oder räuberische Menschen in Vogelgestalt, ausgestattet mit dickem Kopf, starren Augen, einem Krummschnabel, grauem Gefieder und langen Krallen. Sie fliegen nachts umher, rauben Kinder aus der Wiege, zerfleischen sie und saugen ihr Blut aus.[10]

Und noch weiter geht es zurück in der Geschichte. Assyrer, Chaldäer und Babylonier kannten blutsaugende Monster – laut gefundenen Inschriften – ebenso[11] wie die Indianerkulturen Süd- und Nordamerikas[12].

Machen wir einen großen zeitlichen Sprung nach vorne, in eine Zeit, in der sich exaktere Aufzeichnungen finden, die über bloße Beschreibungen hinausgehen. Jetzt geht es um Vorfälle.

---

[7] Sturm/Völker, S. 63; Summers, Montague: The Vampire in Europe. New York 1980, S. 8.

[8] Summers, Europe, S. 8/9.

[9] Sturm/Völker, S. 64.

[10] Sturm/Völker, S. 64.

[11] Summers, Montague: The Vampire. His Kith and Kin. London 1928, S. 217; Wright, Dudley: Vampires and Vampirism. London 1924, S. 7, S. 35 ff.; Lenormant, Fancois: La Magie chez les Chaldéens. Paris 1874, S. 35.

[12] Masters, S. 50.

Erste vage Belege finden sich im Mittelalter oftmals mit Hinweisen auf Hexen, den »Wehrwolf« oder »Thierverwandlungen« verknüpft.[13] Chronisten berichten außerdem von blutsaugenden und todbringenden Verstorbenen, die man entweder pfählen, enthaupten oder verbrennen musste, um sie endgültig an ihren Taten zu hindern:[14] Heimsuchung der Lebenden, Zerstörung von Hab und Gut, der Tod von Vieh und Mensch. Später wurden diese drei Arten der Unschädlichmachung meistens kombiniert, üblich war auch das Verbrennen oder Durchstechen des Herzens, wie noch gezeigt wird.

Ach ja, wenn hier von Pfählen gesprochen wird, ist das Durchbohren des Herzens oder Bauches mit einem Pflock oder einer langen Stange gemeint. Eigentlich müsste man es richtigerweise »pflöcken« nennen, was aber reichlich albern klingt; deswegen gebrauche ich das Wort pfählen.

Zurück zu den Anfängen des Vampirs.

Es existiert ein Erlass Karls des Großen, der all diejenigen mit dem Tode bestraft, die Männer und Frauen unter der Beschuldigung, sie seien »striga vel masca«, verbrannten. Zu Deutsch: Strigen und Hexen. Burchard von Worms berichtet vom heidnischen Brauch, die Leichen früh verstorbener Kinder und schwangerer Frauen zu durchstechen.

Um 1337 tauchen in Deutschland wiederkehrende Tote auf, so zum Beispiel die Begebenheit des Hirten Myßlata aus dem böhmischen Dorf Blow bei Cadan. Der Hirte wurde zwar zunächst gepfählt, riss sich aber den »eichenen Pfahl« aus dem Leib und verspottete die Dorfbewohner. Erst nach seiner Ver-

---

[13] Leubuscher, Rudolf: Über die Wehrwölfe und Thierverwandlungen im Mittelalter. Berlin 1850, S. 4.
[14] Hock, Stefan: Die Vampyrsagen und ihre Verwertung in der deutschen Litteratur. Berlin 1900, S. 30.

brennung hörten die vampirischen Umtriebe des Hirten auf, die Leiche soll in den Flammen wie ein Ochse gebrüllt haben.[15]

Die Chronik von Sebastian Mölers aus dem Jahre 1343 offenbart, dass im Verlauf einer verheerenden Pestepidemie die Zahl der Vampirfälle in Tirol sehr groß gewesen sei. Die Benediktinerabtei in Marienberg war davon schwer betroffen, und einer der letzten Mönche, Dom Steino von Netten, wurde sogar von einem Vampir getötet.[16] Ich gebe zu, dass Tirol geografisch ein wenig aus der Reihe tanzt. Immer diese Bergvölker!

Warum nun hat man sich nicht nur auf das Pfählen verlassen?

Weil es nicht immer funktionierte!

Die Unwirksamkeit ereignete sich auch bei der Frau des Töpfers Dúchaz 1345 in Levin, die im Leben eine Zauberin gewesen sein soll, nach ihrem Tode aber in Tiergestalt umherging und für das Ableben anderer Menschen sorgte. Man grub sie aus, schaffte sie auf den Scheiterhaufen und pfählte sie dort. Besser gesagt: Man versuchte es. Nachdem sie sich den Pflock aus dem Körper gerissen hatte, gelang ihr die Flucht vom vorbereiteten Scheiterhaufen in Form eines Wirbelwindes.[17]

Die Obrigkeit reagierte auf die Vorkommnisse. Der serbische Herrscher Stephan Dusan beispielsweise verhängte 1357 per Gesetz Strafen gegen das abergläubische Ausgraben und Verbrennen von Toten durch Bauern.[18]

---

[15] Sturm/Völker, S. 71/72.
[16] Summers, Montague: The Vampire in Europe. Guildford 1980, S. 160.
[17] Sturm/Völker, S. 72.
[18] Hock, S. 30/31; Vukanovic, Prof. T. P.: The Vampire. In: Perkowski, Jan Louis: Vampires of the Slavs. Cambridge 1976, S. 205.

Die Verschwörungstheoretiker unter den Lesern könnten an dieser Stelle wieder die Frage aufwerfen: War es als Schutz vor dem Aberglauben gedacht, oder gehörte der Herrscher gar zu den Vampiren und hat sie zu schützen versucht?

Schwenken wir auf der Landkarte mehr nach Westen und schreiten chronologisch fort.

Enge Verwandtschaft der Vampire besteht zu den »Nachzehrern«, eine preußisch-norddeutsche Art der variantenreichen Untoten, auf die später noch näher eingegangen wird.

Das älteste Zeugnis hierzu stammt aus 1517 und berichtet vom großen Sterben zu Gross Mochbar während einer Pestepidemie. Auch in Hessen und Schmalkalden trieben die »Nachzehrer« ihr Unwesen.[19] Ihr Schmatzen aus den Gräbern, die Eigenschaft, von der sich ihr Name ableitet, hörte man außerdem zu Pestzeiten 1552 im sächsischen Freiberg, 1553 in Schlesien, 1562 zu Sangershausen und 1584 zu Jüterbogk.[20]

Bereits 1605 erzählt die Frankensteiner Chronik von einem *Ungetüm* in Neustadt, das die Bewohner heimsuchte und sogar tötete; gegen die »plagenden Toten« fanden 1612 in Jauer und 1614 in Giersdorf Prozesse statt.[21]

Moment mal: Prozesse gegen Tote?

Die Vorstellung von Gerechtigkeit und der Wirkung von Richtersprüchen der Frühen Neuzeit übersteigt unsere heutige. Es ging darum, geschehenes Unrecht gutzumachen und Gerechtigkeit für die Betroffenen herzustellen. Prinzip Auge um Auge.

---

[19] Sturm/Völker, S. 73.
[20] Hock, S. 31/32.
[21] Sturm/Völker, S. 74.

Grob zusammengefasst bedeutete dies, dass der Täter für seine begangenen Taten leiden musste, die Seele durch die körperliche Pein gestraft wurde. Dabei spielte es keine Rolle, ob nun der Delinquent ein lebender Mensch oder ein zurückgekehrter Toter war. Die Seele würde die zugefügten Verstümmelungen schon spüren.

Die verbrecherischen Untoten wurden vom Gericht behandelt wie Lebende, und mit dem Richterspruch und der abschließenden Verurteilung hoffte man auf das Ende des umtriebigen Untoten, der seine gerechte Strafe erhalten hatte – spätestens dann, wenn er auf dem Scheiterhaufen verbrannt worden war.

Die ersten eindeutigen Fälle von Vampirismus wurden 1591 aus Schlesien und 1617/18 aus Eibenschütz (oder Egwanschiftz) in Mähren gemeldet, für 1624 existieren einige Berichte über *upierzyca* – weibliche Vampire – aus Krakau, Polen[22], und 1672 kommt es zu einem Vorfall in Kring im österreichischen Kronland Krain.

Der *Mercure galant* berichtete in den Jahren 1693 und 1694 von weiteren »Vampyren« in Russland und Polen.[23]

Nicht immer wussten selbst die Männer Gottes, was man gegen den Aberglauben der Bevölkerung tun kann. In seiner Not fragte ein polnischer Geistlicher am 9. Januar 1693 bei der Universität Sorbonne in Paris nach, wie sich ein Beichtvater gegenüber der Sache verhalten solle, worauf die Doktoren Fromageau, de Precelles und Durieraz ein radikales Verdam-

---

[22] Klaniczay, Gábor: Heilige, Hexen, Vampire. Vom Nutzen des Übernatürlichen. Berlin 1981, S. 85.
[23] Hock, S. 33.

mungsurteil über die üblichen Schutzmaßnahmen, wie Pfählen, Köpfen und Verbrennen, verhängten.[24]

Oha, hergehorcht, Verschwörungsfreunde: Standen die Doktoren womöglich auf der Gehaltsliste der Vampire und haben den laschen Versuch unternommen, die Geldgeber auf diese Weise zu schützen?

Im schlesischen Freudenthal »vexierten [plagten] die Gespenster des Nachts die Leute abscheulich«, deshalb wurde 1698 ein verdächtiger Körper aus dem Grab gehoben und geköpft, frisches Blut soll herausgequollen sein. »Die Leute wurden hierdurch noch furchtsamer und zogen ethliche davon anderswohin«[25].

Zu Beginn des 18. Jahrhunderts war das Interesse an Vampiren in einem kleinen Kreis gestiegen.

1701 erzählt Karl Ferdinand von Schertz in seiner »Magia posthuma«, dem ersten Buch über Vampire, von Ausgrabungen verdächtiger Leichen in Mähren. Samuel Friedrich Lauterbach berichtet von Leichenausgrabungen im polnischen Fraustadt 1710; im gleichen Jahr köpfte man im preußischen Harsen während einer Pestepidemie nachträglich aus den Gräbern gehobene Leichen.[26]

Da man an dem Verhalten der Bevölkerung nicht mehr vorbeikam und es anscheinend nicht bei Einzeltaten blieb, berieten Geistliche im Jahr 1707 mit Sorge auf der lutherischen Synode von Rózsahegy (Ruzomberok) über den um sich greifenden Brauch, Leichen zu exhumieren, zu köpfen und anschließend zu verbrennen.

---

[24] Ebda, S. 34.
[25] Curiöser Geschichtskalender des Herzogtums Schlesien, 1698, in: Sturm/Völker, S. 10.
[26] Hock, S. 36.

Der ungarische Arzt Samuel Köleséri, der den Verlauf der Pest in Transsylvanien schildert, berichtete 1709 voller Entsetzen und Abscheu über die Anzahl der ausgegrabenen Leichen, die mit einem Pfahl durchbohrt oder enthauptet wurden, weil die Bevölkerung sie für die Pest verantwortlich gemacht hatte.[27]

Für 1721 existieren Aufzeichnungen in Russland, Polen und im Großherzogtum Litauen über »tote Körper«, die nachts in die Häuser der Leute einfallen, sich über die Einwohner hermachen und versuchen, sie auszusaugen.

Im Zeitraum von 1725 bis 1732 häuften sich die Berichte über die Vampire für bestimmte Distrikte in Serbien und das Banat von Temesvár.[28]

Natürlich gab es unter den ersten Vorkommnissen schon kleine Berühmtheiten.

Da war der aus seinem Grab zurückgekehrte Schuhmacher im Jahr 1591 aus Breslau. Er sorgte für Aufsehen, weil er die Stadt vom 22. September 1591 bis zum 18. April 1592 terrorisierte. An seinen Opfern fanden sich Würgemale und Flecken. Die besorgten Einwohner gruben den Leichnam aus, der einen völlig unverwesten Eindruck machte, und verscharrten ihn auf ungeweihter Erde.

Doch die Aktivitäten des »Geists«, wie die Bezeichnung lautete, verstärkten sich, bis ihm der Henker am 7. Mai auf Geheiß des Stadtrats den Kopf abschlug, Hände und Füße entfernte sowie das Herz herausschnitt und alle Einzelteile auf sieben Klafter Holz, heute etwa einundzwanzig Raummeter,

---

[27] Klaniczay, S. 86.
[28] Summers (1980), S. 158.

verbrannt waren; die Asche wurde am nächsten Morgen in den Fluss gestreut.[29]

Und: Vampire *sind* ansteckend!

Das zeigte das böhmische Dörfchen Eibenschütz. 1617 suchte ein Vampir lange Zeit die Menschen heim, brachte seine Opfer um. Schließlich wurden sowohl der Vampir als auch seine toten Opfer auf jeweils getrennten Holzstapeln an einem vom Dorf weit entfernten Ort verbrannt.[30] Damit waren sich die Menschen sicher, dass keine zweite Welle über sie hereinbrechen würde.

1672 erschien der tote Georg, oder auch Giure, Grando in dem bereits oben erwähnten Ort Kring wieder.

Einige Leser mögen die Vorstellung, nachts von einem Vampir oder einer Vampirin in romantisch-erotischer Weise beglückt zu werden, reizvoll finden. Es scheint aber alles andere als sexy gewesen zu sein, wenn der Blutsauger sich Zutritt verschaffte.

Der Original-Wortlaut aus dem Bericht:

»Hernach ist dieser Begrabene offt ihrer vielen erschienen bey nächtlicher Weile, da er auf der Gassen hin, und wieder hergegangen, und bald hie, bald da an die Hauß-Thüre geschlagen, und seynd unterschiedliche Leute darüber gestorben, zumahl aus solchen Häusern, da er hat angeklopffet. Denn vor welchem Hausse er angeschlagen, daraus ist bald darauf einer mit dem Todte abgangen. Er hat auch bey seiner hinterlassenen Wittwen sich eingefunden, und dieselbe würcklich beschlaffen, welche aber, weil sie einen Abscheu vor ihm getragen, endlich zu dem Supan (oder Marckt-

---

[29] Barber, Paul: Vampires, burial and death. Folklore and reality. Nachdruck, New York 1988, S. 12/13.
[30] Summers (1980), S. 160.

Schultzen) Miho Radetich hingeloffen, und bey ihm verblieben, und gebeten, er wollte ihr doch wieder ihren verstorbenen Mann Hülfe verschaffen.«[31]

Wie ging eine solche Vampirjagd vonstatten?

Exemplarisch hierzu der Bericht aus Kring.

Der Supan organisierte ein paar Helfer und den Dorfgeistlichen, die sich zusammen mit ihm auf den Friedhof machten, bewaffnet mit »zweyern Wind-Lichtern, und einem Crucifix«, um das Grab zu öffnen.

Angesichts des lebendig aussehenden Toten wandten sich die Helfer zunächst voller Furcht ab und wollten flüchten, aber der Supan rief sie zur Ordnung.

Das Vorhaben, ihm »einen geschärfften Pfahl von Hagedorn durch den Bauch zu schlagen«, scheiterte jedoch. Ein beherzter Helfer schlug dem Toten mit einer Hacke beim zweiten Versuch den Kopf ab: »Worauf der Todte ein Geschrey gethan, und sich gewunden, nicht anderst, als ob er lebendig wäre, auch das Grab vollgeblutet.«[32] Danach soll wieder Ruhe im Dorf und in der Umgebung geherrscht haben.

Alle Leserinnen und Leser mit einem Faible für Griechenland mögen gewarnt sein. Nur weil dort die Sonne oft scheint und es warm ist, bedeutet das keinen Schutz vor Vampiren!

1701 kam es zur einer Massenhysterie auf Mykonos, die der französische Botaniker Pitton de Tournefort während einer Reise auf der Insel selbst miterlebte und aufzeichnete.[33]

Ein Bauer, der ermordet in den Feldern gefunden worden

---

[31] Harmening, Dieter: Der Anfang von Dracula. Zur Geschichte von Geschichten. Würzburg 1983, S. 63.
[32] Ebda, S. 64.
[33] Ebda, S. 21–25; Hock, S. 35/36.

war, kehrte zwei Tage nach seinem Tod als Schreckgestalt aus dem Grab zurück und war nicht durch Gebete und Messelesen zu beruhigen.

Man wartete neun Tage, veranstaltete abermals einen Gottesdienst und riss ihm das Herz heraus. Der Kadaver war aber innerlich bereits so verwest, dass er einen entsetzlichen Geruch verbreitete und die Bewohner in ihrer Vermutung bestätigten, der Tote sei in Wirklichkeit ein »Vrykolakas«, ein Vampir.

Zwar wurde das Herz verbrannt, aber die Angst stieg, weil der Bauer nachts mehr tobte als je zuvor. Er schlug Menschen, brach Türen und Dächer ein, zerstörte Fenster, versteckte Kleider und leerte Flaschen und Becher.[34]

Nachdem alle Gegenmaßnahmen nichts nutzten, verbrannten die Bewohner den Körper. Der Spuk hörte auf.

Für all diejenigen, die den Roman »Kinder des Judas« gelesen haben, wird es jetzt doppelt interessant.

Das folgende Ereignis von 1718 stand ein wenig Pate, was einen der Hintergründe der Judaskinder anbelangt. Im besagten Jahr kehrte ein diebischer Kaufmann namens Kaszparek aus dem Grab in die Stadt Lubló nahe der ungarisch-polnischen Grenze zurück, um mit seiner Frau »zusammen zu sein« und anderen Leuten Angst einzujagen.

»Zusammen zu sein« ist die euphemistische Umschreibung von »Sex haben wollen, und zwar sofort«, und wieder muss der – im Gegensatz zu den Beschreibungen in vielen Vampirromanen (ich gestehe, auch in meinem) – so gar keinen Spaß gemacht haben. Die Panik löste Ermittlungen städtischer

---

[34] Barber, S. 22.

Behörden aus, die Leiche wurde nach vergeblichen Verstümmelungsversuchen komplett verbrannt.[35]
Verstümmelungsversuche?
Exakt.
Dahinter steckt der Gedanke: Wenn ich einen Vampir so zurichte, dass er sich nicht mehr bewegen kann, habe ich das Unheil auch gebannt und muss mich nicht noch mehr in Gefahr bringen. Somit bedeutet »verstümmeln« das Abtrennen von Gliedmaßen, das Zerschneiden von Fuß- und Kniesehnen. Die Immobilisierung des Vampirs. Mehr leckere Details kommen später.

Alle bisherigen Fälle wurden von den Dorfoberen oder den Bürgermeistern einer Stadt selbst durch entsprechende Anordnungen erledigt. Das aber sollte sich ändern.
Der erste Fall, bei dessen Untersuchung übergeordnete behördliche Organe anwesend waren, trug sich 1725 in Kisolova, oder Kisilova beziehungsweise Kislova, in Südungarn zu.
Genau: Viele Schreibweisen, ein Ereignis, Verwirrung pur, und die Verschwörungstheoretiker reiben sich einmal mehr die Hände.
Der arme Peter Plogojowitz starb. Allerdings ging es nun dank ihm in Kisolova richtig rund!
Neun Menschen starben nach einer mysteriösen vierundzwanzigstündigen Krankheit. Und sie alle sagten kurz vor ihrem Tod aus, dass Plogojowitz sie nachts im Schlaf besucht und sie gewürgt hätte.
Seine Witwe verließ sogar das Dorf, nachdem ihr Mann bei

---

[35] Barber, S. 86.

ihr erschienen war und seine Schuhe von ihr verlangte. Die Schuhe bringen lassen – wieder eine schöne Umschreibung für Beischlaf. Darauf muss man erst mal kommen.

Die Witwe war nicht die Einzige, die sich keinen Kontakt zu dem Untoten wünschte. Auch die anderen Bewohner wollten gehen, aus Angst, der »böse Geist« könne das ganze Dorf zerstören, und so lange wollten sie nicht warten.

Provisor Frombald, der zuständige kaiserliche Verwalter, reiste auf die eindringlichen Bitten der Menschen selbst nach Kisolova und wohnte zusammen mit dem Popen der Exhumierung bei.

Hier bekommt Europa den ersten detaillierten Bericht über das Aussehen beziehungsweise den Zustand eines Vampirs: Mit Ausnahme der Nase erschien der Körper des Toten frisch, der Verwesungsgeruch fehlte, so der kaiserliche Beamte. Haare, Bart und Nägel waren neu gewachsen, die alte Haut hatte sich geschält und neue war darunter entstanden, im Mund der Leiche sah man Blut.

Die aufgeregten Dorfbewohner durchstachen das Herz mit einem Pfahl, und frisches Blut floss aus der Wunde, aus dem Mund und den Ohren.

Und wieder kommt das Triebhafte des Vampirs ins Spiel. Sogenannte »wilde Zeichen«, sprich die Erektion des Geschlechtsteils, waren deutlich an dem Toten zu erkennen. Diese »wilden Zeichen« galten zumeist bei Toten (!) als Indiz, dass ein Dämon oder der Teufel in den Leichnam eingefahren war. Danach verbrannten sie die Leiche.[36]

Der Bericht des kaiserlichen Provisors im Gradiskaer Distrikt an die kaiserliche Administration zu Belgrad wurde im

---

[36] Barber, S. 6/7; Hock, S. 37/38.

Wiener Umland durch sogenannte fliegende Blätter mit dem Titel »Entsetzliche Begebenheit, welche sich in dem Dorffe Kisolava, ohnweit Belgrad in Ober-Ungarn, vor einigen Tagen zugetragen«, bekannt.[37]

Der Geistliche Calmet, der sich intensiv mit den Vampiren beschäftigte und von dem später noch mehr die Rede sein wird, zählt nach Berichten des Grafen Cabrera, der 1725 als Hauptmann in Ungarn diente, mehrere Fälle von Vampirismus auf. Bei zwei Begebenheiten soll es der Vater gewesen sein, der seine eigenen Söhne durch Blutsaugen mit ins Grab zog. Die Vorkommnisse wurden angeblich an den Kaiser weitergeleitet, der eine Untersuchungskommission einsetzte.[38] Ein Bericht lag mir jedoch nicht vor.

Calmet weiß noch mehr. Und zwar aus der Quelle des Herrn von Vassimont, Kammerrat der Grafen von Bar, der in Angelegenheiten des Prinzen Karl, Bischof von Olmütz und Osnabrück, nach Mähren geschickt worden war. Er sagte Calmet, dass Bischöfe und Geistliche aus Mähren voller Ratlosigkeit endlich Hilfe aus Rom »über eine so außerordentliche Thatsache« haben wollten.

Wohlgemerkt: Sie sprachen über Vampire als *außerordentliche Tatsache*!

Aber leider, leider erhielten sie keine Antwort. Weil man es in Italien für »bloße Visionen oder für Einbildungen des Volkes« hielt.

Die Geistlichen hätten darauf die Leichname derer, die wiederkehrten, ausgegraben und verbrannt. Auf diese Weise

---

[37] Hock, S. 37.
[38] Calmet, Augustin: Über Geistererscheinungen. Regensburg 1855, S. 326/327.

»hat man sich von der läßtigen Geißel dieser Gespenster befreit«.[39]

Wenn man nicht alles selbst macht – oder saßen in Italien wiederum die Beschützer der Vampire?

Anfang 1730 gab es einen weiteren Fall von Vampirismus in Serbien, nahe der türkischen Grenze. Pandor, Mitglied der Landmiliz, und seine Familie hatten vom Fleisch eines Schafes gegessen, das von einem Vampir durch Blutsaugen getötet worden war. Alle starben unter furchtbaren Qualen und wurden bestattet.

Allerdings hielt es den Mann nicht lange unter der Erde, und er kehrte zurück, um Verderben und Unheil zu bringen.

Sobald diese Begebenheit bekannt wurde, reisten ein Feldscherer des Jung-Daunischen Regiments und ein türkischer Arzt an. Sie untersuchten die Toten, die nach zwanzig Tagen in der Erde komplett unverwest geblieben waren.

Die Dorfbewohner köpften daraufhin aus Angst die Leichname, trieben dem toten Pandor einen Pfahl durchs Herz, wobei man einen »lauten Knacks« vernahm, und verbrannten alle Leichen.[40]

In den Jahren zwischen 1730 und 1732, genauer lässt sich der Zeitraum nicht fassen, kam es zu dem Vorfall von Stephen Hubner aus Treautenau (Trautenau, Trutnov in Tschechien), der nach seinem Tod zurückkehrte und sowohl Menschen als auch die Tiere anfiel.

Sein Grab wurde fünf Monate nach der Beerdigung geöffnet, und man fand die Leiche im »Vampirenstand«.

---

[39] Ebda, S. 323.
[40] Schröder, Aribert: Vampirismus. Seine Entwicklung vom Thema zum Motiv. Frankfurt am Main 1973, S. 45/46.

Der Scharfrichter musste Hubners Leichnam zur öffentlichen Hinrichtungsstätte bringen und enthaupten, der Körper wurde verbrannt und die Asche in alle Winde zerstreut.

Vorsichtshalber grub man die Toten neben Hubners Ruhestätte auf dem Friedhof ebenfalls aus, verbrannte sie und legte sie anschließend wieder in ihre Gräber zurück.[41]

So, an dieser Stelle durchatmen und kurz nachdenken, was bislang schon alles über die Blutsauger gelesen wurde.

Jetzt bereits Rückschlüsse auf Vampire, deren Fertigkeiten, Verhalten und Besonderheiten zu ziehen, wäre zu früh. Noch bewegen wir uns im Rahmen dessen, was man auch aus Romanen und Filmen kennt. Es gibt zwar gewisse Allgemeintendenzen, wie das Unverwestsein, das Pfählen/Pflöcken und das Blutsaugen. Aber die *richtig* merkwürdigen Sachen stehen noch bevor.

Eines jedoch dürfte klar sein: Da war etwas unterwegs, in ganz Osteuropa, vor dem die Menschen zitterten und sich fürchteten und das sie die unappetitlichsten Handlungen an Leichen vornehmen ließ. Mit oder ohne Segen der Obrigkeit.

Wieder schleicht sich klammheimlich die Frage an: Wo liegt der wahre Kern?

Also, folgen wir dazu der breitesten, blutigsten Spur der Vampire in ihrer überlieferten, dokumentierten Historie zum Dörfchen Medvegia mit seinem »dreckigen Dutzend«.

Die eine oder andere bisherige Quelle mag manchem aus der Leserschaft zweifelhaft erschienen sein, aber nun haben wir es mit Zeugen zu tun, die gestandene Männer, Offiziere

---

[41] Summers (1980), S. 159.

und Ärzte sind. Gebildete und abgehärtete Männer, die so leicht nichts erschüttern kann.

Sollte man meinen.

Vorhang auf und ...

2. Willkommen in Medvegia!

Da ist sie, die das größte Aufsehen aller Vampirgeschichten erregte: die »Vampirepidemie« von Medvegia 1731/32 in Serbien.

Die Begebenheit zog eine wahre Flut von Schriften, Abhandlungen und Aufsätzen nach sich. Wie konnte sich die Nachricht von Osten nach Westen verbreiten, und warum ist dergleichen nicht viel früher geschehen?

Weil es nicht möglich gewesen wäre.

Nicht *so*. Damit spiele ich ausnahmsweise nicht auf die Verschwörungstheorie an. Es geht um Historie.

Denn ein Blick in die Geschichte bringt einen ersten Aufschluss, bevor der Untersuchungsbericht des Feldscherers Johannes Flückinger in den Mittelpunkt rückt.

Wir haben es mit einem Gebiet zu tun, das seit jeher Schauplatz von Kämpfen und Kriegen war. Abendland gegen Morgenland, wenn man so möchte.

Mal drangen die Osmanen weit in den Westen vor und klopften schon an die Tore von Wien, mal schlugen die christlichen Herrscher sie wieder zurück. Man denke dabei an den historischen Dracula, den Walachenfürsten, der sich einen Namen als Krieger gegen die Osmanen machte. Ein beständiges Hin und Her.

Allerdings gingen auch ein paar osmanische Eroberungszüge schief. Mit dem Frieden von Passarowitz im Jahr 1718 gelangte Serbien in den Besitz von Kaiser Karl dem Sechsten.

Dass die Unterrichtung über die Vampirfälle ausgerechnet in diesem Zeitraum in Deutschland und überhaupt im westlichen Europa massiv einsetzte und sogar verstärkt wurde, hängt eben mit der veränderten geschichtlichen Situation zusammen, die sich mit dem Frieden ergeben hatte.

Das Kaiserreich Österreich-Ungarn kam durch die Beendigung der Türkenkriege in den Besitz von Belgrad, des größten Teils von Serbien, der Kleinen Walachei und des Banats von Temesvár, heute Temeschburg, die es aber 1739 wieder verlor.[42]

Das zentralistisch verwaltete, multinationale Kaiserreich Österreich-Ungarn mit Machtzentrum Wien verlangte Berichte von den kaiserlichen Behörden und Besatzungstruppen. Das Reich wollte wissen, was in den Gebieten vor sich ging. Dass es von solchen Ereignissen erfahren würde, hatte es sich sicherlich nicht erträumt!

Auch die Öffentlichkeit erfuhr nun von den aus ihrer Sicht eigentümlichen Sitten und Gebräuchen der Menschen in den neuen Gebieten, die vorher zum türkischen Hoheitsgebiet gehört hatten. Anstelle von Gerüchten strömten echte Nachrichten herein. Fundiertes, aus den Händen von Offizieren und Abenteurern.

Wie es sich für Eroberer und die angespannte Lage gehörte, hatte das Kaiserreich in Serbien keine zivile, sondern eine vorwiegend militärische Verwaltung etabliert. Deren Zentrale, das sogenannte Oberkommando, befand sich in Belgrad.

Diese Stadt war sowohl für die Osmanen als auch für die westlichen Herrscher von enormer strategischer Bedeutung,

---

[42] Der kleine Ploetz. Freiburg/Würzburg 1996, S. 138.

da sie den Dreh- und Angelpunkt für Truppenbewegungen bedeutete. Ein wichtiger Stützpunkt.

Über dem Oberkommando in Belgrad stand der Hofkriegsrat in Wien unter Vorsitz von Prinz Eugen von Savoyen, der das Gebiet von den Türken erobert hatte.

In Belgrad befehligten Feldmarschall Prinz Karl Alexander von Württemberg oder dessen Stellvertreter Obrist Marquis Botta d'Adorno. Sie hatten das Kommando in den einzelnen Distrikten sowohl beim Militär als auch bei den zivilen Verwaltungsorganen inne.

Nur mithilfe dieser straff hierarchisch gegliederten Ordnung gelangte das Wissen um den Aberglauben der Blutsauger über Belgrad nach Wien und von dort aus in das restliche Europa.[43] Dazu später noch mehr.

Die geschichtlichen Hintergründe sind geklärt, also kümmern wir uns um das Dorf und sein *höchst* ungewöhnliches Problem.

Auch hier werden Leser von »Kinder des Judas« einige bekannte Gestalten und Ereignisse aus dem Roman erkennen. Die Verknüpfung von Historischem und Erfundenem hat sehr viel Spaß gemacht.

Jetzt bleiben wir aber streng historisch, versprochen!

Im Winter 1731/32 beklagten sich die Bewohner der an der Morava nahe der türkischen Grenze gelegenen Ortschaft Medvegia, dass eine größere Zahl von Menschen in kurzer Zeit gestorben sei. Nachts. Im Schlaf.

Der zuständige Mann für die Belange des Dorfes war der Kommandant in Jagodina, Obristleutnant Schnezzer, der dem

---

[43] Schröder, S. 41.

in Parakina angestellten Contagions-Medicus [Anm. d. A.: ein Arzt für ansteckende Krankheiten] Glaser eine Untersuchung vor Ort befahl.[44]

Glücklicherweise unterläuft Friedrich S. Krauß in seinem Buch »Slavische Volksforschungen« der Fehler, den Bericht des »Physicus Contumaciae Caesareae« Glaser irrtümlich als Flückingers Untersuchungsbericht »Visum et repertum« vollständig abzudrucken. Andere Werke bieten leider immer nur Ausschnitte aus dem ersten, sprachlich sehr verworrenen Bericht, der die Entwicklung ins Rollen brachte.

Aus diesem Report wird ersichtlich, dass Glaser am 12. Dezember 1731 in Medvegia ankam und zuerst die Bewohner flüchtig auf ansteckende Krankheiten untersuchte, die vielleicht als Auslöser des Massensterbens infrage kämen – ohne dabei fündig zu werden.

Die Einwohner erzählten dem Contagions-Medicus dagegen von einem Vampir, der ihrer Meinung nach der Schuldige war.

Im Bericht des Arztes liest sich das so:

»Wie auch 2, 3 Häuser nächtlicher Zeit zusamben gehen, theils schlaffen, die andere wachen, es werde auch nicht ehender auhören zu sterben, biss nicht von einer Löblichen obrigkeit nach selbst eigener resolution eine execution denen benannten Vampires angeschaffet und angethan werde.«[45]

Allerdings war die Angst enorm.

Glaser und die anwesenden Offiziere konnten die aufgebrachten und beunruhigten Dörfler nicht von ihrem Vampirglauben abbringen.

---

[44] Schröder, S. 47.
[45] Glasers Bericht, zitiert nach Krauß, Friedrich S.: Slavische Volksforschungen. Leipzig 1908, S. 131.

Der Medicus ließ – vielleicht als Zugeständnis, um die Menschen besser vom Gegenteil überzeugen zu können, oder vielleicht aus Neugier – zehn Gräber verdächtiger Leichen öffnen.

Glaser untersuchte zunächst den Körper der älteren Miliza, die bereits sieben Wochen in der Erde gelegen hatte.

Im Original-Wortlaut seine Erkenntnis: »allein Sie ware annoch vollkommen das Maul offenhabend, das helle frische bluth auss Nasen und Maul herausgeflossen, der leib hoch aufgeblasen und mit bluth unterloffen, welches mir selbst suspect vorkommet und denen Leuthen nicht unrecht geben kann.«[46]

Es hatte Glaser also beim Anblick des Unerwarteten erwischt!

Anstatt die Einwohner Medvegias von der Nichtexistenz der Vampire zu überzeugen, geriet der Arzt selbst in Zweifel.

Er fand weitere »suspecte« Leichen und sandte die Botschaft: »Dannenhero bitten Sie unterthänig, es möchte doch von der Löblichen Obrigkeit eine execution nach guttachten dises malum abzuwenden ergehen, woselbst ich vor gut halte, umb selbe unterthanen zu befridigen, dieweillen es ein zimbliches grosses dorf ist, dann in re ipsa befindet es sich also.«[47]

Glasers Schneeball in Schriftform war geworfen.

Sein Vorgesetzter Schnezzer schickte den Bericht an das Oberkommando in Belgrad.

Damit nicht genug. Glaser fand seine Erkenntnis dermaßen wichtig, dass er gleichzeitig eine Abschrift an das »Collegium

---

[46] Glaser, zitiert nach Krauß, S. 132.
[47] Glaser, zitiert nach Krauß, S. 133.

Sanitatis«, eine Abteilung für Seuchenkrankheiten, in Wien sandte.

Der Brief erreichte Belgrad und gelangte zu d'Adorno. Dem kam das Ganze recht merkwürdig vor. Bevor er die Exekution der Leichname gestattete, befahl er allerdings zuerst eine neuerliche »chyrurgische Visitation«.

Feldscherer Johannes Flückinger machte sich mit zwei Unterfeldscherern und mehreren Offizieren auf den Weg und gelangte nach Medvegia, wo er am 7. Januar 1732 seine Untersuchung begann.[48]

Sein Untersuchungsbericht ist ein äußerst bemerkenswertes Dokument und ausschlaggebend für alle weiteren Dispute. Meiner Ansicht nach hat es unser heutiges Vampirbild mit geprägt, und ich bin der Meinung, dass sich die Leserschaft ihr eigenes Bild von den Vorgängen in Medvegia machen sollte.

Auch wenn der Text nicht immer einfach zu lesen ist, lohnt es sich, ihn sich zu Gemüte zu führen.

Am besten des Nachts, beim Licht einer kleinen Kerze, irgendwo im Freien oder im Wald, umgeben von Dunkelheit und Stille, wo er seine Wirkung noch besser entfalten kann.

Aber bitte hinterher keine Beschwerden wegen gesundheitlicher Probleme.

Hier nun die Quelle mit dem kompletten Bericht des vor Ort tätigen Feldscherers Johannes Flückinger.

»Visum et Repertum
Über die sogenannten Vampirs, oder Blut-Aussauger, so zu Medvegia in Servien, an der Türckischen Granitz, den 7. Januarii 1732 geschehen. Nürnberg 1732

---

[48] Schröder, S. 49.

Nachdeme das Anzeichen geschehen, dass in den Dorff Medvegia die sogenannten Vampirs, einige Personen, durch Aussaugung des Blutes umgebracht haben sollen: Also bin ich auf hohe Verordnung eines allhiesigen Hochlöblichen Ober-Commando, um die Sache vollständig zu untersuchen, nebst dazu commandirten Herrn Officieren und 2 Unter-Feldscherern dahin abgeschicket, und gegenwärtige Inquisition im Beyseyn des der Stallathar Heyduckn Compagnie Capitain, Goschiz Hadnack Baraictar und ältesten Heyducken des Dorffes folgender massen vorgenommen und abgehöret worden. Welche denn einhellig aussagen, dass vor ungefehr 5 Jahren ein hiesiger Heyduck, Namens Arnod Paole sich durch einen Fall von einem Heuwagen den Hals gebrochen; dieser hatte bey seiner Lebens-Zeit sich öfters verlauten lassen, dass er bei Gossowa in dem Türckischen Servien von einem Vampir geplagt worden sey, dahero er von der Erde des Vampirs Grab gegessen, und sich mit dessen Blut geschmieret habe, um von der erlittenen Plage entlediget zu werden. In 20 oder 30 Tagen nach seinem Tod-Fall haben sich einige Leute beklaget, dass sie von dem gedachten Arnod Paole geplaget würden; wie denn auch würcklich 4 Personen von ihm umgebracht worden. Um nun diesen Übel einzustellen, haben sie auf Einrathen ihres Hadnacks, welcher schon vorhin bey dergleichen Begebenheiten gewesen, diesen Arnod Paole in beyläuffig 40 Tage nach seinem Tod ausgegraben und gefunden, dass er gantz vollkommen und unverwesen sey, auch ihm das frische Blut zu denen Augen, Nasen, Mund und Ohren herausgeflossen, das Hemd, Übertuch und Truhe gantz blutig gewesen, die alte Nägel an Händen und Füssen samt der Haut abgefallen, und dargegen neue andere gewachsen sind, weilen nun durchaus ersehen, dass er ein würcklicher Vampir sey, so haben sie demselben nach ihrer Gewohnheit einen Pfahl durchs Hertz geschlagen, wobey er einen wohlvernehmlichen Gächzer gethan, und ein häuffiges Geblüt von sich gelassen; Wobey sie den Körper selbigen Tages gleich zu Asche verbrennet, und solche in das Grab geworffen. Ferner sagen gedachte Leute aus, dass alle diejenigen, welche von den Vampiren geplaget und umgebracht würden, ebenfalls zu Vampirn werden müssen. Also haben sie die obberührte 4 Personen auf gleiche Weise exequiret. Dann fügen sie auch hinzu, dass dieser Arnod Paole nicht allein die Leute, sondern auch das Vieh angegriffen und ihnen das Blut ausgesauget habe. Weilen nun die Leute das Fleisch von solchem Vieh genutzet, so zeiget es sich aufs neue, dass sich wiederum einige Vampirs allhier befinden, allermassen und Zeit von 3 Monathen 17 junge und alte Personen mit Tod abgegangen, worunter einige ohne vorher gehabte Kranckheit in 2 oder längsten 3 Tagen gestorben. Dabey meldet der Heyduck Jowiza, dass seine Schwieger-Tochter, Nahmens Stanacka, vor 15 Tagen sich frisch und gesund schlaffen geleget, um Mitternacht aber ist sie mit einem entsetzlichen Geschrey, Furcht und Zittern aus dem Schlaff aufgefahren und geklaget, dass sie von einem vor 9 Wochen verstorbenen Heyducken Sohn, Nahmens Milloe, seye um den Hals gewürget worden, worauff sie einen grossen Schmertzen auf der Brust empfunden, und von Stund zu Stund sich schlechter befunden, biß endlich den dritten Tag gestorben. Hieruaf seynd wir denselbigen Nachmittag auf den Freydhof, um die verdächtigen Gräber eröffnen zu lassen, neben denen offt gemeldeten ältesten Heyducken des Dorffes ausgegangen, die darinnen befindliche Cörper zu visitiren, wobey nach sämtlicher Secirung sich gezeiget:

1) Ein Weib, Nahmens Stana, 20 Jahr alt, so vor 2 Monathen nach einer 3 tägigen Kranckheit ihrer Niederkunft gestorben, und vor ihrem Tod selbst ausgesagt, dass sie sich mit dem Blut

eines Vampirs gestrichen hätte, folgendlich sie so wohl als ihr Kind, welches gleich nach der Geburt verstorben, und durch leichtsinnige Begräbnus von denen Hunden biß auf die Hälfte verzehret worden, ebenfalls Vampiren werden müssen; ware gantz vollkommen und unverwesen. Nach Eröffnung des Cörpers zeigte sich in CAVITATE PECTORIS eine Quantität frisches Blut extravasirtes Geblüts; Die Vasa, als arteriae und venae nebst denen ventriculis cordis, waren nicht, wie es sonsten gewöhnlich, mit coagulirtem Geblüt impliret; Die sämtliche Viscera als Pulmo, hepar, stomachus, lien et intestina waren dabey gantz frisch, gleich bey einem gesunden Menschen; Der Uterus aber befande sich gantz groß, und externe sehr inflammiret, weilen Placenta, als auch Lochien bey ihr geblieben, dahero selbiger in völliger putredine war; Die Haut an Händen und Füssen, samt den alten Nägeln fielen von sich selbst herunter, hergegen zeigeten sich nebst einer frischen und lebhafften Haut, gantz neue Nägel.

2) Ware ein Weib, Nahmens Miliza, beyläuffig 60 Jahr alt, welche nach 3 monathlicher Kranckheit gestorben und vor 90 Tagen und etliche Tagen begraben worden; In der Brust befande sich viel liquides Geblüt, die übrige Viscera, waren gleich der vorgemeldeten in einem guten Stand. Es haben sich bey der Secirung die umstehende sämtliche Heyducken über ihre Fette und vollkommenen Leib sehr verwundert, einhellig aussagend, dass sie das Weib von ihrer Jugend auf wohl gekannt, und Zeit ihres Lebens gantz mager und ausgedörrter ausgesehen und gewesen, mit nachdrücklicher Vermeldung, dass sie in dem Grab zu eben dieser Verwunderungs-würdigen Fettigkeit gelanget sey; Auch derer Leute Aussagen nach solle sie jetziger Zeit den Anfang derer Vampiren gemacht haben, zumalen sie das Fleisch von denen Schaafen, so von denen vorhergehenden Vampiren umgebracht worden, gegessen hätte.

3) Befande sich ein 8 tägiges Kind, welches 90 Täge im Grab gelegen, gleicher massen in Vampirenstand.

4) Wurde ein Heyducken Sohn, 16 Jahr alt, ausgegraben, so 9 Wochen in der Erde Gelegen, nachdem er an einer 3 tägigen Kranckheit gestorben ware, gleich denen andern Vampiren gefunden worden.

5) Ist der Joachim, auch eines Heyducks Sohn, 17 Jahr alt, in 3 tägiger Kranckheit gestorben, nachdem er 8 Wochen und 4 Tage begraben gewesen; befande sich bey der Section gleicher gestalt.

6) Ein Weib, Nahmens Ruscha, welche nach zehen tägiger Kranckheit gestorben, und vor 6 Wochen begraben worden, bey welcher auch viel frisches Geblüt nicht allein in der Brust, sondern auch in fundo ventriculi gefunden habe, gleichfals bey ihrem Kind, so 18 Tage alt ware, und vor 5 Wochen gestorben, sich gezeiget hat.

7) Nicht weniger befande sich ein Mägdlein von 10 Jahren, welche vor 2 Monathen gestorben, in obangezogenem Stande gantz vollkommen und unverwesen, und hatte in der Brust viel frisches Geblüt.

8) Hat man des Hadnacks Ehe-Weib, samt ihrem Kind ausgraben lassen, welche vor 7 Wochen, ihr Kind aber, so 8 Wochen alt ware, und vor 21 Tagen gestorben, dabey aber gefunden, dass so wohl die Mutter als Kind völlig verwesen, obwohl sie gleich der Erde und Gräber derer nächstgelegenen Vampiren gewesen waren.

9) Ein Knecht des hiesigen Heyducken Corporals, Nahmens Rhade, 23 Jahr alt, ist in 3 monatlicher Krankheit gestorben, und nach 5 wochentlicher Begräbnus völlig verwesen gefunden worden.

10) Des hiesigen Barjactar sein Weib, samt ihrem Kind, so vor 5 Wochen gestorben, waren gleicher massen völlig verwesen.

11) Bey dem Stanche, einen Heyducken, 60 Jahr alt, so vor 6 Wochen gestorben, habe ich ein häuffiges, gleich denen andern liquides Geblüt in der Brust und Magen gefunden; das gantze Corpus ware in offt benannten Vampir-Stand.

12) Milloe, ein Heyduck, 25 Jahr alt, so sechs Wochen in der Erden gelegen, befande sich gleichfalls in ermeldtem Vampir-Stand.

13) Stanoicka, eines Heyduckens Weib, 20 Jahr alt, ist in 3 tägiger Kranckheit gestorben, und vor 18 Tagen begraben worden; Bey der Secirung habe ich gefunden, dass sie in dem Angesicht gantz roth und lebhaffter Farb ware, und wie oben gemeldet, sie von des Heyducks Sohn, Nahmens Milloe sey um Mitternacht um den Hals gewürget worden, sie auch augenscheinlich gezeiget, dass sie rechter Seiten unter dem Ohr einen blauen mit Blut unterloffenen Fleck eines Fingers lang gehabt; bey der Herausnehmung ihres Grabes flosse eine Quantität frisches Geblüts aus der Nasen; Nach der Secirung fande ich, wie schon offt gedacht, ein rechtes balsamlich frisches Geblüt, nicht allein in der Höhle der Brust, sondern auch in ventriculo cordis; die sämtliche Viscera befanden sich in vollkommenem gesunden und gutem Zustand; die Unter-Haut des gantzen Cörpers samt denen frischen Nägeln an Händen und Füssen, waren gleichsam gantz frisch.

Nach geschehener Visitation seynd denen Vampiren die Köpfe durch die dasige Zigeuner herunter geschlagen worden, und samt denen Cörper verbrennet, die Aschen davon in den Fluß Morava geworffen, die verwesenen Leiber aber wiederum in ihre vorgehabte Gräber geleget worden. Welches hiemit nebst den mir zugegebenen Unter-Feldschern bevestigen. Actum ut supra.

(L. S.) Johannes Fluchinger, Regiments Feldscherer, Löbl. B. Fürstenbuschl. Regiments zu Fuß.

(L. S.) J. H. Sigel, Feldscherer von Löbl. Morallischen Regiment.

(L. S.) Johann Friedrich Baumgarten, Feldscherer Löbl. B. Fürstenbuschl. Regiments zu Fuß.

Wir Endes Unterschriebene attestiren hiemit, wie, dass alles dasjenige, so der Regiments-Feldscherer von Löblichen Fürstenbuschlichen Regiment, samt beyden neben unterzeichneten Felscherers-Gesellen hieroben denen Vampiren betreffend in Augenschein genommen, in allen und jedem der Wahrheit gemäs, und in unserer selbst eigener Gegenwart vorgenommen, visitirt und examiniret worden. Zur Bekräfftigung dessen ist unsere eigenhändige Unterschrift und Fertigung.

Belgrad, den 26. Jenner 1732.

(L. S.) Büttener, Obrist Lieutenant des Löbl. Alexandrischen Regiments.

(L. S.) J. H. von Lindenfels, Fenderich Löbl. Alexandrischen Regiments.«[49]

Das ist starker Stoff: Nicht eine einzelne Person, sondern eine ganze Gesandtschaft gestandener Männer und Ärzte hatten ihr Urteil gefällt!

D'Adorno hegte nun keinerlei Zweifel mehr an den Erkenntnissen und empfand die Ereignisse als so bedeutend, dass er dem Hofkriegsrat in Wien ein Schreiben mit den wichtigsten Einzelheiten zum Vampirglauben, die Flückinger in seinen Bericht einfließen ließ sowie die Vorgänge im Ganzen schilderte.

Das Schriftstück und der komplette Aktenvorgang trafen

---

[49] Visum et repertum, Über die sogenannten Vampirs, oder Blut-Aussauger. Nürnberg 1732. In: Sturm/Völker, S. 17–21.

Anfang Februar beim Hofkriegsrat ein, am 11. Februar 1732 beschäftigte sich, laut Aktennotiz, das Gremium ausführlich mit dem Schreiben D'Adornos.

Woran man das nachvollziehen kann?

Am schnöden Behördenvorgehen: Der Hofkriegsrat gewährte den drei Feldscherern eine Reisekostenvergütung und eine Aufwandsentschädigung.[50]

Ein Schneeball kann eine Menge auslösen. In dem Fall eine Lawine.

Jetzt war der Vampir sozusagen offiziell aus dem Sarg.

Und so kam es, dass Abschriften der Berichte aus Kisolova und Medvegia an die Höfe des preußischen Königs und anderer deutscher Fürsten gingen. Der preußische König verlangte daraufhin eine Erklärung von deutschen Wissenschaftlern.

Die Nachricht machte international die Runde.

Der französische Gesandte in Wien schickte eine Kopie an den Großsiegelbewahrer des Königs nach Paris. Es gibt Indizien, dass sowohl vatikanische Kreise als auch das englische Königshaus gut über den Vampirglauben informiert waren.[51]

Der Vampir rückte nach der ersten offiziellen kaiserlichen Untersuchung 1725 erneut ins Licht der Öffentlichkeit. Mit zunehmender Diskussion jedoch einer *sehr breiten* Öffentlichkeit! Noch detaillierter, wissenschaftlicher und realistischer als je zuvor. Mit Gruselfaktor-Garantie!

Das fiel bei den Menschen auf sehr fruchtbaren Boden...

---

[50] Schröder, S. 51.
[51] Ebda., S. 37.

Kapitel II
Moment mal – was kann denn ein Vampir so alles?

Versprochen wurde ja am Anfang des Buches, dass es ordentlich was zu staunen und was zu lachen gäbe.

Auch wenn einige sicher schon gestaunt haben: Das Lachen wäre jetzt an der Reihe.

Betrachten wir die Vampire deswegen genauer und suchen nach ihren Eigenschaften – ausgehend vom Bericht aus Medvegia, um einen Blick in die Sekundärliteratur zu werfen. Mitunter sind diese Fertigkeiten sehr unterhaltsam, mitunter ein wenig beängstigend – wenn man an Vampire glaubt.

Mal sehen, ob man daraus eine universale Definition bauen kann.

1. Wer wird zum Vampir?

Der Bericht verrät es: Zum Vampir werden kann offensichtlich jeder, ohne Rücksicht auf das Alter.

Flückinger beschreibt sogar einen nur achttägigen Säugling als »gleicher massen in Vampirenstand«, dazu kommen Kinder, Frauen und Männer im Alter von zehn bis sechzig Jahre. Die Vorstellung von toten Säuglingen als Vampire ist grausam genug. Einen solchen Besuch möchte man erst recht nicht haben. Blanker Horror!

Nach der Quelle kann man aus verschiedenen Gründen zu einem Untoten werden:

Einmal durch die Heimsuchung eines Vampirs zu Lebzeiten, wie bei Paole selbst geschehen.

Leider sagt Flückinger nicht, wie Paole an das Blut des Vampirs gekommen ist, mit dem er sich zu schützen versuchte. Eine freiwillige Blutspende wird es wohl kaum gewesen sein. Also hat er sich bis zum Sarg gegraben und den Vampir angeritzt? Warum hat er ihn dabei nicht gleich getötet? Wie in so vielen Fällen, wenn es um Vampire geht, ist das Verhalten und Vorgehen der Menschen zwiegespalten und aus heutiger Sicht nicht nachvollziehbar.

Zum anderen übertrug sich der Vampirismus auf die Bewohner durch infiziertes Fleisch.

Nach eigener Aussage hatte Miliza Fleisch von den Schafen gegessen, die von Paole oder den anderen vier Vampiren umgebracht worden waren. Kein Standardkriterium in Romanen.

Die Frau wurde von der Bevölkerung als Ausgangspunkt der neuen Vampirwelle angesehen, bei der innerhalb von nur drei Monaten etliche junge und alte Personen nach kurzer Krankheit starben; lediglich vier Personen auf dem Friedhof, die in den letzten Monaten gestorben waren, zeigten keinerlei Vampirzeichen.

Was erfährt man noch?

Während der Verzehr von infiziertem Fleisch in diesem Fall nicht zum sofortigen Tod führte (Miliza starb nach einer dreimonatigen Krankheit), war dagegen der Besuch eines Vampirs innerhalb von zwei bis drei Tagen letal.

Die schwangere Stana hingegen wurde *weder* von einem Vampir besucht, *noch* kam sie mit dem Fleisch in Berührung. Dafür aber hätte sie sich, so die eigene Aussage, kurz vor ihrem Tod und der Niederkunft mit dem Blut eines Vampirs »gestrichen«. Das bedeutet nichts anderes, als dass sich Stana mit dem Einreiben von Vampirblut zu schützen versucht hat.

Wieder so eine Merkwürdigkeit: Das Blut eines Vampirs ist, wenn nicht als Heilmittel bei bereits existierender Heimsuchung durch eine solche Kreatur genutzt, hochgradig infizierend. Und zwar dermaßen infizierend, dass das Vampirschicksal auf das ungeborene Kind übergreift!

So weit die Informationen aus Flückingers Bericht.

Spitzenreiter ist bei mir nach wie vor der Hinweis, dass Säuglinge als Vampire durch die Gegend ziehen. Logischerweise musste diese Andeutung in meinen Roman einfließen. Es ist zu schön – gruselig – grausam, um ungenutzt zu bleiben.

Jetzt kommen wir verstärkt in die Abteilung Sach- *und* Lachbuch.

In der Literatur finden sich – neben Ansteckung über das Fleisch infizierter Tiere, Vampirblut und dem Töten des Opfers durch den Vampir – oft Vererbung. Und »äußere Umstände«.

Was bedeutet das?

Wer viel Pech hat, kann bereits *vor der Geburt* zum Vampirdasein nach seinem Tod verurteilt sein.

So ist dieses Schicksal unehelich geborenen Kindern unehelich Geborener bestimmt.[52] Sieht in Galizien eine schwangere Frau einen Priester an [Anm. d. A.: vermutlich im Sinne von begehren], muss das Kind zum Vampir werden.[53] Wird in

---

[52] Hertz, Wilhelm: Der Werwolf. Beitrag zur Sagengeschichte. Stuttgart 1862, S. 123; Hock, S. 21; Sturm/Völker, S. 78; Barber, S. 30.
[53] Hock, S. 22.

Rumänien eine schwangere Frau von einem Vampir angeschaut und dadurch mit einem Zauber belegt, vor allem wenn sie über den sechsten Monat hinaus schwanger ist, und nicht durch Segnung vom Fluch befreit, endet das Kind als Vampir;[54] ein weiteres Indiz dafür, dass in der Schwangeren ein Vampir heranwächst, ist ihre Weigerung, Salz an das Essen zu geben.[55]

Jetzt wird es sehr dämonisch-romantisch:

In der Ukraine und Kleinrussland glaubte man, dass Vampire aus der sexuellen Vereinigung zwischen einer Hexe mit einem Werwolf oder dem Teufel entstehen![56] Das Donnern und Brausen eines tobenden Frühlingssturmes verkündete die Hochzeit zwischen einem Teufel oder Werwolf und einer Hexe, der Blitz verkörperte die Geburt des Vampirs.[57]

DAS nenne ich doch mal schick! Würden Autoren so etwas in einen Roman einbauen, hieße es gleich wieder: Bäh, wie kitschig und doof.

Wer die Schwangerschaft also unbeschadet überstanden hat, sollte sich nicht zu früh freuen.

Es kann auch passieren, dass das *Schicksal* einen Menschen zum Vampir bestimmt.[58]

Erkennbar sind solche Pechvögel bei den Kaschuben an an-

---

[54] Masters, S. 91.
[55] Summers (1980), S. 303.
[56] Afanas'ev, Aleksandr: Poetic Views of the slavs regarding Nature. In: Perkowski, Jan Louis: Vampires of the Slavs. Cambridge 1976, S. 160; Wright, Dudley: Vampires and Vampirism. London 1924, S. 110.
[57] Ebda, S. 166.
[58] Hock, S. 22; Hertz, S. 123; Hellwig, S. 23; Perkowski, Jan Louis: The Vampire – A study in Slavic bi-Culturism. In: ders: Vampires of the Slavs. Cambridge 1976, S. 136; Havekost, Peter: Die Vampirsage in England. Diss., Halle 1914, S. 38; Barber, S. 30.

geborenen Zähnen[59], einer »Glückshaube«[60] (Reste der Fruchtblase) auf dem Kopf, einem roten Fleck beziehungsweise Muttermal[61] oder anderen körperlichen Auffälligkeiten[62], wie beispielsweise Schwanzreste.[63]

Apropos körperliche Auffälligkeiten: Ein Kind mit einer dritten Brustwarze ist bei den Rumänen verdächtig.[64] Augenfällig nach russischem Glauben sind spätere Vampire zu Lebzeiten als Mensch durch Fehlen des Nasenknochens[65], die gespaltene Unterlippe[66], dichte, zusammengewachsene Augenbrauen[67] oder eine doppelte Reihe von Zähnen.[68] Anfällig für das Vampirtum sind in manchen Ländern Kinder mit blauen Augen[69] und Menschen mit einem bestimmten Rotton in der Haarfarbe.[70] Rothaarige hatten es eben noch niemals leicht.

---

[59] Mannhardt, W.: Über Vampyrismus. In: ZS für deutsche Mythologie, Bd. IV, S. 260; Hertz, S. 123; Hock, S. 22; Sturm/Völker, S. 79; Hellwig, S. 23; Perkowski, The Vampire, S. 137; Afanas'ev, S. 162; Bargheer, Ernst: Eingeweide: Lebens- und Seelenkräfte des Leibesinneren im deutschen Glauben und Brauch. Leipzig 1931, S. 88.

[60] Mannhardt, S. 260; Hock, S. 22; Sturm/Völker, S. 79, Hellwig, S.23; Temme, J.D.H.: Die Volkssagen von Pommern und Rügen. Hildesheim/New York 1976, S. 307; Hertz, S. 123; Afanas'ev, S. 162; Burkhart, S. 225.

[61] Mannhardt, S. 260; Sturm/Völker, S. 79; Hellwig, S. 23; Hertz, S. 123.

[62] Hertz, S. 123; Hellwig, S. 23; Barber, S. 30.

[63] MacKenzie, S. 91; Cremene, S. 39, Senn, Harry A.: Were-Wolf and Vampire in Romania. East European Monographs. Boulder 1982, S. 61.

[64] Cremene, Adrien: La mythologie du vampire en Roumanie. Monaco 1981, S. 38.

[65] Afanas'ev, S. 162; Hertz, S. 123.

[66] Hertz, S. 123.

[67] Moszynski, Kazimierz: Slavic Folk Culture. In: Perkowski, Vampires of, S. 180.

[68] Ebda, S. 182.

[69] Summers (1928), S. 181.

[70] Summers (1928), S. 182.

Weil bei Flückinger ein Säugling erwähnt wurde: Totgeburten und ungetauft gestorbene Kinder werden in Rumänien zu Vampiren.[71] Einige Bulgaren glauben, dass der siebte Sohn einer Familie zu sein zum Vampirdasein führt.[72]

Vorhin war die Rede davon, dass Vampire auch mal sexuell aufdringlich wurden. Bei der eigenen Frau oder auch woanders.

Nichts spricht im Volksglauben dagegen, dass eine Frau von einem Vampir schwanger werden kann. Man ahnt es: Auch von Vampiren gezeugte Kinder können durch Vererbung nach ihrem Tod zum Blutsauger werden.[73]

Na, enttäuscht?

Noch immer nicht unter den Kandidaten für ein späteres Vampirdasein?

Oder eher froh, die dunkle Seite bislang verpasst zu haben?

Keine Angst, es geht noch weiter.

Ich wette: Am Ende des Kapitels sind JEDE LESERIN und JEDER LESER des Buches so gut wie Vampir. Ich sehe bereits die Schlagzeile einer Boulevardzeitung vor mir: »*Wir sind Vampir!*«

Denn für einen Erwachsenen gibt es ebenfalls genügend *Ereignisse*, die ihn nach seinem Ableben zum Blutsauger werden lassen.

Wer an Festtagen arbeitet, den trifft es in Dalmatien ebenso

---

[71] MacKenzie, Andrew: Dracula Country. Travels and Folk Beliefs in Romania. London 1977, S. 89.
[72] Cremene, S. 18.
[73] Hellwig, Albert: Verbrechen und Aberglaube. Skizzen aus der volkskundlichen Kriminalistik. Aus: Aus Natur und Geisteswelt. Sammlung wissenschaftlich-gemeinverständlicher Darstellungen, Band 212, Leipzig 1908, S. 23.

wie starke Flucher, von den Eltern Verfluchte und denjenigen, der mit seiner Gevatterin (Patin) schläft.[74] Menschen, die ihrem Auftrag, Rache zu nehmen, nicht nachkommen, werden zu Vampiren.[75]

Exkommunikation spielt eine große Rolle im Vampirglauben.

Exkommunizierte der Orthodoxen Kirche, vor allem in Russland und Griechenland, sind prädestiniert dafür.[76] Nach orthodoxem Glauben wird der exkommunizierten Seele der Zugang in den Himmel verweigert. Sie bleibt im unverwesten Körper zurück, bis der Bann vom Exkommunizierten genommen wurde – eine mögliche Erklärung dafür, weshalb sich gerade in Ländern mit orthodoxer Religion der Vampirglaube stark ausbreitete.[77]

Machos und Liebeshungrige aufgepasst: Hat sich ein Mann zu sehr als Liebhaber betätigt, wird er nach der Vorstellung muslimischer Zigeuner in Pristina, Pec oder Prizren als Vampir zurückkehren.[78]

Aber auch wer vorbildlich lebt, ist nicht sicher.

Unschuldige kann es ebenfalls treffen, wie beispielsweise Verhexte, Ermordete, Un- oder falsch Bestattete[79], Unge-

---

[74] Hertz, Dr. Wilhelm: Der Werwolf. Beiträge zur Sagengeschichte. Stuttgart 1862, S. 123; Hock, S. 22/23; Krauß, S. 125; Afanas'ev, S. 160; Wright, S. 22.

[75] Summers (1928), S. 141.

[76] Ralston, W. R. S.: The songs of the russian people. London 1872, S. 409, 412; Andree, S. 88; Hertz, S. 123; Sturm/Völker, S. 78; Afanas'ev, S. 160; Wright, S. 20.

[77] Sturm, Völker, S. 79.

[78] Vukanovic, S. 210.

[79] Sturm/Völker, S. 78; Burkhart, S. 245; Lee, B. Demetracopoulou: Greek accounts of the vrykolakas. Journal of american Folkore 55 (1942), S. 127; Blum, Richard/Blum, Eva: The dangerous hour. The lore of crisis and mystery in rural greece. New York 1970, S. 71.

rächte[80] sowie von einem Vampir geplagte beziehungsweise getötete Menschen.[81] Wer in Rumänien in der Nacht des heiligen Andreas, am 30. November, im Freien schläft, hat sein Schicksal nach dem Tod bestimmt.[82] Isst man vom Fleisch eines Schafes, das von einem Wolf gerissen wurde, wird man nach griechischer Ansicht ebenfalls nach dem Tod zum Vampir.[83]

Aber auch Meineidige, Selbstmörder, Räuber, Mörder und andere Straftäter[84], Menschen, die vor Gericht falsch aussagen[85], betrügerische Barmädchen (!) und Prostituierte[86] sowie besonders bösartige Menschen[87] werden zum Vampir. Genauso Hexer und Zauberer[88], Werwölfe[89], wer im Groll stirbt[90], Kirchenabtrünnige[91], zum Islam bekehrte Christen, Priester mit Todsünden und all diejenigen, welche gegen die Gebote der Kirche verstoßen haben.[92]

---

[80] Summers (1928), S. 140.
[81] Hertz, S. 123; Wright, S. 5, S. 79; Barber, S. 32.
[82] MacKenzie, S. 89.
[83] Masters, S. 73.
[84] Máchal, Jan: Slavic Mythology. In: Perkowski, Jan Louis: Vampires of the Slavs, Cambridge 1976, S. 24; Krauß, S. 125; Sturm/Völker, S. 78; Wright, S. 22; Barber, Paul: Vampires, burial and death: Folklore and reality. New York 1988, S. 30.
[85] Masters, S. 91.
[86] Burkhart, Dagmar: Vampirglaube und Vampirsage auf dem Balkan. In: Beiträge zur Südosteuropa-Forschung. München 1966, S. 216.
[87] Havekost, S. 38; Burkhart, S. 216.
[88] Sturm/Völker, S. 78; Hellwig, S. 23; Máchal, S. 24; Afanas'ev, S. 160; Moszynski, S. 182; Wright, S. 22; Barber, S. 30; Burkhart, S. 216.
[89] Handwörterbuch des deutschen Aberglaubens, Bd. VI, S. 818. Hrsg. Hoffmann-Krayer, E. / Bächtold-Stäubli, Hanns, Berlin/Leipzig 1934/35; Afanas'ev, S. 160; Burkhart, S. 216; Schneeweis, S. 8/9.
[90] HWB d. dt. Abergl., S. 818; Sturm/Völker, S. 78.
[91] Masters, S. 178.
[92] HWB d. dt. Abergl., S. 818; Sturm/Völker, S. 78; MacKenzie, S. 89; Máchal, S. 24, Afanas'ev, S. 160; Moszynski, S. 182.

So, spätestens JETZT habe ich meine Wette gewonnen, nehme ich an. Es dürfte so ziemlich jeder Christ auf der Liste stehen.

Ich sage ja: Es gibt theoretisch mehr Vampire, als man annimmt. Praktisch würde ich mir dazu niemals ein Urteil erlauben.

Ist da tatsächlich doch jemand, der alle zehn Gebote geachtet hat und immer noch nicht unter Vampiren ist?

Wohlan, es geht noch weiter.

Auch unbußfertig Gestorbenen droht das Vampirschicksal, besonders Trunksüchtigen, Schlaganfallopfern (!), Andersgläubigen und den ersten Opfern einer ansteckenden Seuche.[93]

Schlaganfall? Wie unschön. Denn die Statistik sagt, dass der Schlaganfall weltweit die dritthäufigste Todesursache ist. In Deutschland erleiden jährlich 165 000 Menschen einen Schlaganfall, etwa 65 000 der Betroffenen sterben im Verlauf eines Jahres. Muss ich dazu noch mehr schreiben?

Aus russischer Sichtweise war es so, dass solche Personen, die eines plötzlichen, unnatürlichen oder gewaltsamen Todes gestorben waren, von der Erde nicht aufgenommen würden, weil diese über die unreinen Leichname erzürnt sei.[94]

Außerhalb von Moskau, Nowgorod und anderen großrussischen Städten wurden sogenannte »Armenhäuser«, große und tiefe Gruben als Sammellager für Selbstmörder, Erfrorene, an Seuchen Verstorbene und Menschen nichtorthodoxer Konfession angelegt. Sie blieben bis zum Donnerstag nach

---

[93] Haase, S. 329; Hellwig, S. 23; Máchal, S. 24; Barber, S. 30 und 34; Burkhart, S. 216.
[94] Afanas'ev, S. 165; Haase, S. 329.

Ostern offen, an dem eine kollektive Messe gelesen und die Grube zugeschüttet wurde.[95]

Selbst wer einfach nur entgegen aller Wahrscheinlichkeiten lang lebte, kam in Gefahr: In Russland wurden sehr alte Menschen als potenzielle Vampire angesehen.[96] Angesichts der immer älter werdenden Bevölkerung Deutschlands ein Problem, das uns stark beschäftigen wird. Von Japan ganz zu schweigen.

Zur Beruhigung sei gesagt, dass es vielleicht einfacher ist, vor einem Baby-Vampir und einem Rentner-Vampir zu flüchten als vor den jungen, dynamischen.

Hatte ich es schon erwähnt? Dass man auch *nach dem Tod* nicht sicher davor ist, ein Blutsauger zu werden?

So genügt es, wenn ein Tier unter der Leiche oder dem Sarg durchkriecht; besonders schlimm waren Hund oder Katze[97], generell wenn ein unreines Tier, wie Elster, Henne, Hündin und Katze, über die Leiche oder den Sarg kriecht oder fliegt.[98] Für Rumänien findet sich der spezielle Fall, dass eine Fledermaus, die über die Leiche fliegt, einen Toten zum Vampir werden lässt.[99]

Um wieder ein bisschen Romantik hineinzubringen: In der Ukraine herrscht die Vorstellung, dass, wenn ein Mensch bei seinem Tod vom Steppenwind berührt wird, er nach seinem Tod als Blutsauger enden muss.[100]

Ebenso gefährlich ist es, wenn der Schatten eines Men-

---

[95] Haase, S. 329.
[96] Moszynski, S. 182.
[97] Krauß, S. 126; Hock, S. 23; Máchal, S. 25; Afanas'ev, S. 161.
[98] HWB d. dt. Abergl., S. 818; Krauß, S. 125; Mannhardt, S. 265; Máchal, S. 25; Afanas'ev, S. 161; Vukanovic, S. 208.
[99] Cremene, S. 84.
[100] Afanas'ev, S. 169.

schen[101] oder ein »unreiner Schatten« auf die Leiche fällt.[102] Das wird vor allem Bestatter nachdenklich machen.

Die orthodoxen Zigeuner in Kosovo-Metohija kennen allerdings ein Mittel, die Wandlung abzuwenden, sollte ein lebendes Wesen über den Sarg gesprungen sein: Sie legen – bevor der Tote im Sarg platziert und im Haus aufgebahrt wird – eine Feile, eine kleine Säge oder ein kleines Beil in den Sarg. Der Gegenstand wird herausgenommen, wenn die Leiche in den Sarg kommt, die wandlungsabweisende Wirkung bleibt aber bestehen.[103]

Ist der Sarg nach dem Volksglauben in Oldenburg nicht tief genug vergraben worden, wird der Tote zum Vampir.[104] Schreitet ein Mensch oder ein Tier über das Grab, muss der Leichnam ebenfalls zum Vampir werden.[105] Das nächste Mal achtgeben, wenn ein Besuch auf dem Friedhof ansteht, und sich umschauen, wie viele Leute beim Herrichten der Gräber darüberlaufen ...

Apropos Ruhestätte: Fällt ein Tropfen Blut auf dem Friedhof nachts auf das Grab, wandelt sich der Tote darin zum Vampir.[106]

Jetzt kommt die Hölle ins Spiel.

Auch der Teufel[107] oder ein höllischer Geist[108], der in einen

---

[101] Krauß, S. 126.
[102] Máchal, S. 25.
[103] Vukanovic, S. 208.
[104] Strackerjan, L.: Aberglaube und Sagen aus dem Herzogthum Oldenburg. Vol.1. Oldenburg 1867, S. 154.
[105] Ralston, S. 412; Andree. S. 84; Wright, S. 111.
[106] Cremene, S. 85.
[107] Mannhardt, S. 265.
[108] Mannhardt, S. 265; Máchal, S. 24; Afanas'ev, S. 160; Vukanovic, S. 210; Wright, S. 111.

Leichnam fährt, wird verantwortlich für den daraus entstehenden Vampir gemacht. Böse Zauberer sind ebenfalls in der Lage, aus Leichen Vampire werden zu lassen.[109]

Ein Sonderfall, der nur in einem Buch auftaucht, ist die Nekrophilie: »Ähnlich ist der Glaube, dass ein totes Frauenzimmer zum Vampir werden müsse, falls sich ein Mann mit ihrem Leichnam vergisst.«[110]

Besonders sind auch diese aufgeführten Möglichkeiten: Zum Blutsauger wird, dessen Bruder ein Schlafwandler ist oder dessen Schatten zu Lebzeiten gestohlen wurde.[111] Seines Bruders Hüter zu sein, macht somit echten Sinn.

Ein Bericht aus Rumänien besagt, dass der, welcher mit einer offenen Wunde, die nicht bedeckt ist, beerdigt wurde, zum Vampir wird.[112]

Die Schlachtfelder der Welt, eine Brutstätte der Vampire! Oder stammt daher der Brauch, die Toten in Feuerpausen einzusammeln und zu begraben?

Ein weiterer Ausnahmefall ist der Glaube, dass nur der zum Vampir werden kann, wer über zwanzig Jahre alt geworden ist.[113] Das sollte für die Fahranfänger jedoch keine Entschuldigung sein, mit beiden Füßen auf dem Gaspedal zu stehen.

In Anlehnung daran taucht der Brauch auf, Personen, die vor ihrer dem Menschen bei seiner Geburt bestimmten Lebenszeit gestorben sind, vorsichtshalber an »wüsten Orten« (Tümpel, Seen, Schluchten, verlassene Gegenden) abzulegen,

---

[109] Barber, S. 30.
[110] Krauß, S. 126.
[111] Cremene, S. 31 und 82.
[112] Weigand, Gustav: Volksliteratur der Aromunen. Leipzig 1894, S. 122.
[113] Krauß, S. 127.

sie gar nicht zu beerdigen oder nur mit Holz und Ästen zu bedecken.[114] Auch sie wurden verdächtigt, Vampire zu werden.[115]

Genug geschmunzelt, jetzt darf gelacht werden!
Das Spektrum potenzieller Blutsauger wird gleich höchst amüsant erweitert.

Nach sehr speziellen Vorstellungen von auf dem Balkan lebenden Zigeunern können *Tiere* ebenso vampirische Aktivitäten und Kräfte entwickeln wie *Pflanzen, menschliche Körperteile* (Augen) oder bestimmte *landwirtschaftliche Geräte*.[116]

Diese Gruppe ist es auch, die glaubt, ein Vampir wäre der Schatten eines toten Mannes, der zu Lebzeiten viel Böses getan hat und deshalb vom Teufel seine Stärke und die Fähigkeit erhalten hat, Feuer zu speien.[117] Wieder eine sehr schöne Vorlage, die ich in meinen Roman eingebaut habe. Klischee-Vampire gibt es schon genügend.

Es folgen gute Gründe, dem Vegetarier-Dasein schon allein aus Selbstschutz abzuschwören und alles zu essen, was man finden kann.

Zu den *Tieren*, die zu Vampiren werden, gehört als gefährlichste Spezies die Giftschlange; aufgeführt werden außerdem Hengst, Lamm, Hahn, Henne, Hund, Ochse, Büffel, Büffelkuh

---

[114] Haase, Felix: Volksglaube und Brauchtum der Ostslawen. Hildesheim/N.Y. 1980, S. 309.
[115] Knoop, Otto: Volkssagen, Erzählungen, Aberglauben, Gebräuche und Märchen aus dem östlichen Hinterpommern. Posen 1885, S. 167.
[116] Vukanovic, Prof. T.P.: The Vampire. In: Perkowski, Jan Louis: Vampires of the Slavs. Cambridge 1976, S. 207.
[117] Vukanovic, S. 209.

und Schafbock; sie alle werden zu Blutsaugern, wenn etwas Lebendes innerhalb vierzig Tagen nach ihrem Tod über ihre Leiche springt.[118]

Hat man das Getier aber vorher gegessen, ist die Menschheit sicher. Gut, Hund ist Geschmackssache, aber es wird schon einen Grund geben, weswegen Chinesen Hund zubereiten. Vielleicht wissen sie mehr als wir?

Liebe Vegetarier, die sich auch nicht aus Selbstschutz überwinden können, Fleisch zu essen: Wir brauchen euch!

Denn *Früchte* und *Pflanzen*, wie jede Art von Wassermelonen und Kürbissen, entwickeln vampirische Aktivitäten, wenn sie länger als zehn Tage nachlässig im Haus aufbewahrt werden. Sie laufen nachts durch Stall und Haus, greifen Vieh und Menschen an.[119]

Unter den *landwirtschaftlichen Geräten* sind ein Jochnagel und Holzstöcke, die zum Binden von Garben gebraucht wurden, angeführt.[120]

Tiere, Pflanzen und Geräte erscheinen in ihrer eigentlichen Form und besitzen keine der magischen Fähigkeiten, wie sie der menschliche Vampir hat.

Die Engländer kennen ebenfalls eine Übertragung vampirischer Aktivität auf *Gegenstände*. Es existieren zwei Belege für sogenannte »Vampirstühle«, die ihren Opfern im Schlaf Wunden zufügen und Blut aufnehmen, und mindestens ein Nachweis für ein »Vampirbett«.[121] Shocking!

---

[118] Vukanovic, S. 212.
[119] Vukanovic, S. 213.
[120] Vukanovic, S. 214.
[121] Havekost, S. 25/26.

Ich möchte über den Gelächtersturm hinweg nochmals betonen, dass ich mir das nicht ausgedacht habe! Es geht um den Volksglauben, wobei ich zugegebenermaßen nicht umhinkam, bei manchen Beschreibungen an den Film »Der Angriff der Killertomaten« zu denken. Obwohl ... die Ursprünge dazu haben wir eben ja aufgedeckt. Warum sind Tomaten noch gleich rot? Und wie viele Gärtner verschwinden jährlich in Gewächshäusern? Gibt es da einen Zusammenhang?

2. Das Äußere

Es folgt der Versuch, wieder etwas ernsthafter zu werden. Das gelingt am einfachsten mit Unappetitlichem.

Nach Flückingers Untersuchungsergebnissen unterliegen die Vampire nicht wie gewöhnliche Tote dem üblichen Verwesungsprozess. Wie so ein herkömmlicher Verfall unter Tage abläuft, kann man sich selbst denken. Bakterien und Pilze nehmen ihre Arbeit von innen und außen auf, mal wird verwest, mal verfault, mal mit, mal ohne Tierchen im verrottenden Fleisch. Fäulnisgase blähen den Leichnam auf, Wasser tritt aus, das Übliche eben. Der Gang alles Irdischen, bis schließlich die hartnäckigen Knochen übrig sind.

Nicht so die Vampire. Sie zeigen vielmehr ein gesundes, lebhaftes Äußeres, rote Wangen, Nägel und Haut erneuern sich, das Blut im Inneren der Körper ist flüssig, und die Organe sind ohne sichtbare Veränderung.

Häufig zu finden ist wohl der Blutaustritt aus Mund, Nase, Augen und Ohren, nicht selten ist eine Gewichtszunahme zu beobachten, wie im Falle von Miliza, die den Dorfbewohnern nur dürr und mager in Erinnerung war.

Die gleichen Phänomene, abgesehen von der Gewichtszunahme, werden 1725 bei der Exhumierung Plogojowitz' beobachtet, der zudem »wilde Zeichen« aufweist, die bereits erwähnte Erektion des männlichen Geschlechtsorgans.

Diese Äußerlichkeiten decken sich mit den in der Literatur gefundenen Beschreibungen aus verschiedenen Zeiten und Regionen.

Es zeigt sich, dass der Vampir in der Regel als Ausgangspunkt im Sarg menschliche Gestalt hat, ein vom Blut seiner Opfer gefärbtes Leichentuch trägt und lebendig, rosa, vom Blut aufgebläht erscheint sowie unverwest ist.[122]

Doch wie bei allen Regeln gibt es auch hier eine Ausnahme: Handelt es sich um *einen im Grab fressenden Vampir* (Erklärung folgt), erscheint er an Händen, Brust und am ganzen Körper angefressen oder säuberlich abgenagt.[123] Lecker…

Wer sich als Ästhet lieber an die Erscheinungsformen des Vampirs aus den guten alten Hammer-Studio-Trash-Vampirfilmen mit Bela Lugosi, Peter Cushing und Christopher Lee klammern möchte, für den gibt es auch etwas. Im Glauben der auf dem Balkan lebenden Zigeunergruppen wird dem Blutsauger ein Auftreten in gleichbleibend neuen und sehr teuren Kleidungsstücken nachgesagt.[124] Die Fraktion der Frack- und Cape-Träger ist also gerettet.

Es gibt *weitere Indizien*, die einen Vampir verraten.

So soll sich beispielsweise die Leiche eines Vampirs nach der Ansicht von Zigeunergruppen in Kosovo-Metohija, Stari Ras und Novopazarski Sandzak vor der Beerdigung schwarz

---

[122] HWB d. dt. Abergl., S. 818; Hock, S. 21.
[123] Máchal, S. 25.
[124] Vukanovic, S. 212.

verfärben.[125] Dieser schwarze Ton der Leiche wird auch Exkommunizierten nachgesagt.[126]

Hieraus entwickelte sich eine eigene, makabre Wissenschaft, die nach der Farbeinteilung der Exkommunizierten erkannte, welcher Vergehen der Tote sich schuldig machte: Gelbe Haut bedeutete Kirchenbann, mehr weißliche meinte »göttliches Gesetz« und schwarze bedeutete Exkommunikation durch einen Bischof.

Als Folge des Glaubens wurden nicht selten Leichen nach einem Jahr unter anderem in Bulgarien ausgegraben, um zu sehen, welche Farbe die Leiche angenommen hatte. War sie zum Vampir geworden, oder hatte die Seele den Einzug in das Paradies geschafft?[127]

Verbreitet sind die Ansichten, das linke Auge[128], beide Augen[129] oder der Mund[130] stünden offen, der Körper schwelle noch vor der Beerdigung an.[131] Raben meiden die Leiche des Blutsaugers.[132]

Nun wird es wiederum fast poetisch: In der Brust des Vampirs schlagen nach anderer Ansicht zwei Herzen, von denen eines auf die Ausrottung der Menschen bedacht ist.[133] Solche Vampire erkennt man daran, dass sie mit sich selbst reden.[134] Ich

---

[125] Vukanovic, S. 209.
[126] Wright, S. 20.
[127] Wright, S. 23/24.
[128] HWB d. dt. Abergl., S. 818; Mannhardt, S. 260; Afanas'ev, S. 162.
[129] Barber, S. 42.
[130] Barber, S. 36.
[131] Barber, S. 36.
[132] Robert, E.: Les Slaves de Turquie. Paris 1844, S. 69.
[133] Hertz, S. 123.
[134] Jaworskij, Juljan: Südrussische Vampyre. Zeitschrift des Vereins für Volkskunde 8 (1998), S. 331.

persönlich kenne einige Menschen, die mit sich reden, wenn sie irgendetwas tun und sich unbeobachtet fühlen ...

In slawischen Ländern wird angenommen, der Blutsauger habe lediglich einen Nasenflügel und eine scharfe Spitze am Ende seiner Zunge, wie ein Bienenstachel.[135]

Was mich besonders stutzig gemacht hat: Nur *ein einziges Mal* ist davon die Rede, Vampire besäßen *kein* Spiegelbild.[136] Der größte aller Eigenschaftsklassiker ist also nicht so gängig, wie man annimmt.

In bestimmten Gebieten Polens glaubt man, die Handinnenflächen eines Vampirs hätten einen flaumartigen Haarbewuchs, die Fingernägel seien gebogen und gekrümmt (oft in der Länge von großen Raubvögeln), und sein Atem stinke nach Verfall.[137]

3. Das Verhalten des Vampirs

Zurück zum Bericht aus Medvegia. Wenigstens auf dieses Klischee ist Verlass: das schmerzhafte Blutsaugen!

Andockpunkte für Vampire liegen auf dem Oberkörper, vorzugsweise auf der Brust, zudem werden die Opfer gewürgt und gequält.

Eines der Opfer, Stanacka, berichtete vor ihrem Tod, dass sie um Mitternacht vom vor neun Wochen verstorbenen Milloe am Hals gewürgt worden sei und einen großen Schmerz in

---

[135] Wright, S. 107.
[136] Sturm/Völker, S. 80.
[137] Summers (1928), S. 179.

der Brust verspürt habe. Danach ging es der Frau immer schlechter, und sie starb.

Tatsächlich findet der untersuchende Johannes Flückinger bei der zwanzigjährigen Stanoicka auf der rechten Seite unterhalb des Ohres einen fingerlangen, blauen, blutunterlaufenen Fleck.

Paole, der nach zwanzig bis dreißig Tagen im Grab mit seiner Tätigkeit begann, beschränkte seine Angriffe jedoch nicht nur auf die Menschen im Dorf, sondern saugte auch dem Vieh das Blut aus.

Vampire sind also nicht wählerisch?

Aufstehen!

Alle in Flückingers Bericht beschriebenen Verhaltensweisen, wie Misshandeln und Würgen der Opfer, das Anfallen und Blutsaugen bei Mensch und Tier sowie das Eindringen in die Behausungen, finden sich in der Sekundärliteratur. Sie werden aber noch zusätzlich ergänzt.

Das beginnt schon beim Aufsteh-Verhalten.

Einige lassen sich Zeit. Nach der Vorstellung eines Großteils der Bulgaren, Serben und Rumänen verlässt der Vampir am vierzigsten Tag nach der Beerdigung das Grab und beginnt bei Einbruch der Nacht mit seinem Tun[138], meist gegen Mitternacht.[139] Manchmal lässt er sich bis zu sechs Wochen nach der Beerdigung nicht blicken[140].

Äußerst selten spielt der Vollmond als Zeitpunkt des ersten

---

[138] MacKenzie, S. 91; HWB d. dt. Abergl., S. 819; Hertz, S. 123; Afanas'ev, S. 161; Wright, S. 107.
[139] Afanas'ev, S. 160; Vukanovic, S. 216.
[140] Vukanovic, S. 216 und 217.

Auftretens des Vampirs eine Rolle[141], die Nächte mit zunehmendem Mond soll er aber bevorzugen.[142]

Andere wiederum haben es sehr eilig, auf die Pirsch zu gehen. Die dritte oder siebte Nacht gibt den Startschuss, in der der Blutsauger aktiv wird. Einige Bulgaren meinen, dass er neun Tage im Sarg ruhig liegen bleibt, bis zum vierzigsten Tag als feuriger Schatten durch die Gegend zieht und erst ab dann als Vampir aus Fleisch und Blut aus dem Grab aufsteigt.[143]

Um noch einmal auf den Grund zurückzukommen, weshalb das Opfer zum Vampir wurde: Auch *das* kann den Zeitpunkt der Umwandlung bestimmen.

Ein ungetauft verstorbenes Kind kehrt nach sieben Jahren als Vampir zurück; Menschen, die mit einer Glückshaube geboren wurden, werden innerhalb weniger als vierzig Tage nach der Beerdigung zum Vampir. Und die Leute, die falsches Zeugnis vor Gericht ablegen, um andere zu verletzen, und Meineidige, die dadurch in Besitz von Reichtümern gelangen wollen, werden erst sechs Monate nach ihrem Tod zu Blutsaugern.[144]

Nach dem Aufstehen ...
Ein Vampir lässt nichts anbrennen.

Er ist eine krude Mischung aus Mister LoverLover, Hooligan und Mörder. Frauen stehen ja angeblich auf die »bad guys«.

Hat er sein Grab verlassen, ist es eine weitverbreitete An-

---

[141] Hertz, S. 123.
[142] Sturm / Völker, S. 80.
[143] Havekost, S. 19.
[144] Summers (1980), S. 302.

sicht, dass ein Vampir zuerst seine Verwandtschaft drangsaliert[145] und mit seiner ihn überlebenden Ehegattin regelmäßig nächtlichen Beischlaf ausüben kann[146].

Aus diesen Besuchen können sogar Schwangerschaften und Kinder entstehen[147], denen wiederum ein unterschiedliches Schicksal bestimmt ist. Sie werden entweder ohne Knochen geboren und sterben nach der Geburt.[148] Eine Quelle hierzu von 1751: »(...) und nach gewöhnlichem Termino derer 40 Wochen ein Kind gebohren, welches die völlige Proportion eines Knaben, jedoch kein einziges Glied hatte, sondern wie ein pures Stücke Fleisch gewesen, auch nach dreyen Tagen wie eine Wurst zusammengerunzelt (...).«[149]

Andere leben ganz normal und werden nach ihrem Tod selbst zum Vampir.[150]

Die Konsequenzen des Spaßes

Diejenigen, die einen Papa als Vampir haben, besitzen als sogenannte *Dhampire*, hauptsächlich in Serbien, besondere Fähigkeiten wie das Sehen von Geistern[151] und Vampiren, ohne nach dem Tod zum Blutsauger zu werden.[152]

---

[145] Krauß, S. 133; Hock, S. 24; HWB d. dt. Abergl., S. 818; MacKenzie, S. 89.
[146] Krauß, S. 130; Hock, S. 24; HWB d. dt. Abergl., S. 818; Mackensen, Lutz: Geister, Hexen und Zauberer in Texten aus dem 17. und 18. Jahrhundert, Dresden 1938; S. 18; Afanas'ev, S. 162.
[147] Krauß, S. 130; Hock, S. 24; HWB d. dt. Abergl., S. 818; Mackensen, S. 18.
[148] Krauß, S. 130; Hock, S. 25; HWB d. dt. Abergl., S. 818; Liebrecht, Felix: Zur Volkskunde. Alte und neue Aufsätze. Heilbronn 1879, S. 58.
[149] Mackensen, S. 18/19.
[150] Hellwig, S. 23.
[151] Afanas'ev, S. 162; Wright, S. 16.
[152] Vukanovic, S. 217; Masters, S. 107.

Wer so einzigartig ist, muss natürlich erkennbar sein. Abstammungsprahlerei.

Die Jungen werden je nach Region mit dem Vornamen »Vampir« oder »Dhampir«, die Mädchen mit »Vampiresa« oder »Dhampiresa« versehen.

In den Gebieten von Stari Ras und Novopazarski Sandzak werden die Kinder »Lampijerovic« genannt. In der Region existiert ein Dorf namens »Lampijerovices«, dessen Einwohner ihre Abstammung auf Vampire zurückführen.[153] Im Dorf Perlepe, zwischen Monastru und Kiuprili gelegen, leben mehrere Familien, die sich ebenfalls als Nachfahren von Vampiren betrachten.[154] Spricht für einen sehr liebestollen Blutsauger.

Für die Frau, die von einem Vampir beglückt wurde, hat es doppelte Konsequenzen. Nicht nur, dass sie schwanger werden kann, nein: Hatte sie vor ihrer Ehe ein Verhältnis mit einem Vampir, bleibt sie kinderlos.[155] Wer da noch eine Romanze haben möchte...

Essen fassen!
Das Blut – *die* Nahrung des Vampirs – wird üblicherweise aus der Brust gesaugt.

Aber auch das ist dem Vampir auf Dauer viel zu langweilig. Abwechslung tut Not, und so knabbert und schlürft er sich über den Körper seiner Opfer.

In der Sekundärliteratur werden als weitere Stellen das

---

[153] Vukanovic, S. 217.
[154] Wright, S. 15.
[155] Hock, S. 25.

Ohr[156], die linke Brust (Kaschuben)[157], in Russland der Herzbereich[158], in der Gegend um Danzig die Brustwarze[159] und ganz selten der Bereich zwischen den Augen angegeben.[160] Bei den so Getöteten findet sich manchmal eine Bisswunde an der linken Brust.[161]

Die Zähne sind nicht zwangsläufig scharf genug. Zu Hilfe nehmen sich manche russische Vampire ein scharfes, angespitztes Stöckchen, um die Haut ihrer Opfer anzuritzen.[162]

Und jetzt meine Lieblinge, die Namensgeber meines Romans!

Ganz gefährlich und deshalb in Rumänien, Serbien und Bulgarien gefürchtet ist eine spezielle Sorte von rothaarigen Vampiren, die sogenannten »Kinder des Judas«.

Sie sind in der Lage, ihr Opfer mit einem einzigen Biss zu töten und auszusaugen. Auf die Haut des Toten wurde ein Zeichen in Form von drei Kratzern eingeritzt – XXX, die römischen Ziffern für 30 als Symbol für die Anzahl der Silberstücke, die Judas für den Verrat an Jesus erhalten hatte.[163]

Nicht immer will der Vampir Blut haben.

Man könnte fast annehmen, er sei ein falsch verstandenes Wesen, wenn man liest, dass bulgarische Vorstellungen davon ausgehen, dass der Vampir erst mit dem tödlichen Blutsaugen bei Mensch und Tier beginnt, wenn seine eigentliche Nah-

---

[156] Afanas'ev, S. 161.
[157] Mannhardt, S. 260.
[158] Löwenstimm, August: Aberglaube und Strafrecht. Berlin 1897, S. 96.
[159] Mannhardt, S. 270.
[160] Cremene, S. 100.
[161] Hertz, S. 123.
[162] Afanas'ev, S. 166.
[163] Masters, S. 189; Summers (1928), S. 183.

rung, die er zu Lebzeiten gern gegessen hat, knapp wird. Er sieht sich also nur nach Ersatz um.[164] In Bulgarien schreckt der dortige Vampir auch nicht davor zurück, die von ihm getöteten Tiere zu essen[165].

Und jetzt nur weiterlesen, wenn man unerschütterlich im Glauben an Vampire, deren Coolness und morbide Romantik ist!

Alle anderen springen mit den Augen weiter, denn: Seine sonstige Lieblingsspeise wären in Bulgarien außerdem menschliche Exkremente.[166] Wer will da noch einen Kuss?

Zur Beruhigung: Dementgegen steht die Ansicht, dass Vampire keine Nahrung zu sich nehmen könnten.[167] Besser nichts als Exkremente!

Sorgt in erster Linie das Blutsaugen und Drangsalieren für das Ableben der Betroffenen, tötet er in besonderen Fällen, indem er in den Mund der Menschen haucht.[168] Leider stand nicht dabei, ob er vorher Exkremente gegessen hatte oder nicht...

Benehmt euch, ihr da unten!

Sehr variationsreich ist das Verhalten eines Vampirs im Grab.

Liegt oder sitzt er üblicherweise still, nagt er nach slawischer Vorstellungen sich selbst das tote Fleisch von den Händen, Armen und Beinen, seltener vom Körper. Anschließend

---

[164] Wright, S. 108.
[165] Andree, S. 84; Hellwald, S. 369.
[166] Masters, S. 69.
[167] Sturm/Völker, S. 80.
[168] Moszynski, S. 180.

frisst er die Kleider und das Fleisch benachbarter Leichen. Solange man den Untoten schmatzen hört, sterben seine lebenden Verwandten.[169]

Sind die Arme des Vampirs vom vielen Liegen steif und unbeweglich, benutzt er nach russischer Vorstellung seine Zähne, die wie stählerne Fangzähne sein sollen, um aus dem Grab freizukommen und sich durch Hindernisse wie etwa Türen zu kauen.[170]

Die meisten Vampire sind, wie ich schon andeutete, Hooligans und Raudis.

In der Regel terrorisiert der Vampir sein Dorf, wo er Dächer zerstört, Ziegeln, Steingut oder Töpferware zerbricht[171], Steine sowie Schmutz auf die Dächer wirft[172]. Auch die nähere Umgebung ist nicht sicher vor ihm, was mit seinem Versteck im eigenen Grab praktisch vorgegeben ist. Rings um den Friedhof dürfte es entsprechend laut gewesen sein – mit ein Grund, weswegen die meisten Friedhöfe außerhalb des Dorfes liegen? Ruhestörung durch Vampire.

Jetzt wird es wieder lustig.

Der Vampir kann durchaus auch in der Gegend umherwandern und einsamen Wanderern auflauern.[173] Denen wird beispielsweise ein Schluck aus der Flasche angeboten, gemacht aus einem Pferdekopf und gefüllt mit Branntwein. Der Schreck lässt die Wanderer sofort krank vor Furcht werden,

---

[169] Máchal, S. 25; Hertz, S. 125; Afanas'ev, S. 162.
[170] Afanas'ev, S. 160; Wright, S. 109.
[171] Vukanovic, S. 219.
[172] Lilek, Emilian: Familien- und Volksleben in Bosnien und in der Herzegowina, Zeitschrift für österreichische Volkskunde 6 (1900), S. 211.
[173] Hock, S. 26.

besonders wenn der Vampir ihnen die Flasche auf den Kopf schlägt und ihnen übel zusetzt.[174]

Einen völligen Gegensatz dazu bildet der Glaube der Zigeuner in Voks und Dukadjin, der besagt, dass Vampire, wenn sie aus dem Grabe gestiegen sind, auf Wanderschaft gehen, um nie wieder in ihre Heimat zurückzukehren.[175] Ein echter Exportschlager.

Zurück, Marsch, Marsch!

Natürlich hat ein Vampir feste Belästigungszeiten, danach hat er gefälligst in sein Zuhause zurückzukehren.

Ins Grab muss er nach russischer Vorstellung mit dem ersten Schrei des Hahnes vor Sonnenaufgang, oder er fällt an Ort und Stelle reglos zu Boden und bleibt dort ohnmächtig liegen, bis es wieder dunkel wird.[176] Von wegen zu Staub zerfallen!

Generell ist die Ansicht verbreitet, der Vampir müsse vor Sonnenaufgang und dem ersten Hahnenschrei zurück in seine Gruft.[177]

Wieder ein großes *ABER*:

Eine wohl vor allem für die Bevölkerung unangenehme Ausnahme bildet das Dorf Mamusa, wo die Vampire auch tagsüber durch die Gegend, Häuser und Ställe streifen können.[178]

In einem anderen Fall werden für Russland und Polen Blut-

---

[174] Vukanovic, S. 211.
[175] Vukanovic, S. 209.
[176] Afanas'ev, S. 161.
[177] Vukanovic, S. 216.
[178] Vukanovic, S. 216.

sauger angegeben, die von zwölf Uhr mittags bis Mitternacht unterwegs sind.[179] Mehrere Autoren berichten in ihrer Sekundärliteratur über Vampire, die sich am Tage bewegen können.[180]

Ich habe nicht umsonst »in sein Zuhause« geschrieben.
Nicht immer muss der Vampir in seinem Grab residieren. Als seine bevorzugte Behausung werden von Zigeunern in Stari Ras Windmühlen angesehen. Windmühlen gelten dort als Plätze, an denen sich böse Geister, Teufel und andere übersinnliche Kreaturen gerne aufhalten.[181]
Wieder eine Sache, die ich bei den »Kindern des Judas« aufgegriffen habe. Und auch in dem wunderschönen Buch »Krabat« von Otfried Preußler residiert der Zaubermeister in einer Mühle.

Heute Ruhetag!
Hin und wieder muss man einfach zu Hause bleiben, auch wenn man gar nicht wirklich möchte. Es gibt nach manchen Vorstellungen eine Art Ruhezwang, gegen den sich der Vampir nicht zu wehren vermag.
So liegt der neugriechische Vampir am Samstag im Grab, ohne Unheil zu stiften[182], in anderen Ländern, wie Albanien, sogar nur in der Nacht von Freitag auf Samstag.[183]
Der Samstag, so ist als Erklärung zu finden, wirkt deshalb

---

[179] Wright, S. 12/13; Masters, S. 90.
[180] Calmet, S. 311 und S. 325; Masters, S. 90; Summers (1928), S. 171.
[181] Vukanovic, S. 211 und 214.
[182] Hock, S. 29.
[183] Andree, S. 88; Wright, S. 33.

lähmend auf Vampire, da er durch die Kirche der Mutter Gottes gewidmet war, die an diesem Tag nach dem Tod ihres Sohnes stark in ihrem Glauben geblieben war.[184]

Aber wie das so ist mit Ruhetagen: Dafür ist an anderen Tagen ordentlich was los.

Den rumänischen Vampiren wird besonders starke Aktivität an Dienstagen zugesprochen[185], andere bevorzugen den Donnerstag.[186] Der sogenannte »lange Donnerstag« vor einigen Jahren ist daher keine Erfindung des Einzelhandels!

An alle Vampirjäger: Diese Besonderheiten gilt es vor allem bei der Vernichtung der Vampire zu beachten. Wäre zu dumm, wenn man den Sarg aufreißt und es ist niemand zu Hause.

Im Winter, zwischen Weihnachten und Christi Himmelfahrt sind die Blutsauger nach manchen Ansichten besonders aktiv.[187] Beliebt sind außerdem die Abende vor Sankt Andreas und Sankt Georg, kurz vor Ostern, die Zeit zwischen Sankt Andreas und dem Dreikönigsfest oder die Zeit von Sankt Georg bis zum Tag des Sankt Johannes. Generell gelten der letzte Tag im Jahr und die Nacht vor Ostersonntag als gefährlich.[188]

Sind das deine Freunde?

Es dürfte klar sein, dass manche vorher schon ahnten, dass sie nach ihrem Tod zum Vampir werden.

Die meisten Menschen fanden diesen Zustand sicherlich

---

[184] Summers (1928), S. 33.
[185] MacKenzie, S. 134.
[186] Vukanovic, S. 216.
[187] Krauß, S. 125.
[188] Summers (1980), S. 311.

weniger erstrebenswert – es gab jedoch auch Ausnahmen. In Rumänien.

Es heißt: Die Menschen, die nach dem Tode zu Vampiren würden und davon wüssten, träfen sich mit echten Vampiren oder schickten ihre Seelen in bestimmten Nächten auf vergessene Friedhöfe oder in tiefe Wälder. Dort würden die Vampire in spe von den »echten« die schwarze Magie erlernen und sich in Bünden zusammenschließen, ganz nach dem Vorbild von Hexenzirkeln.[189]

Diese künftigen Vampire hatten zu Lebzeiten gehörige Vorteile. Sie würden zum einen Bienen und Geflügel die Kraft rauben und die geraubte Energie den eigenen Tieren zufügen, weshalb sie immer die besten Bienenstöcke und die prächtigsten Hühner hätten. Zum anderen könnten sie den Regen kontrollieren sowie die Kraft der Schönheit sammeln und in Form von Liebesamuletten verkaufen.[190]

Erkennen kann man sie auch: Die weiblichen Exemplare dieser besonderen Form von Vampiren haben trockene Haut bei bemerkenswert lebendiger Färbung, die Männer haben Glatzen und besonders stechende Augen.[191]

Trockene Haut – die Kosmetikindustrie steht im Dienste von Vampiren?

Sind Cellulite-Salben nichts anderes als eine Form von »die Kraft der Schönheit« sammeln?

Wie tief stecken die Schönheitschirurgen im Vampirsumpf?

---

[189] Masters, S. 94; Summers (1980), S. 307.
[190] Summers (1980), S. 308.
[191] Summers (1980), S. 308.

4. Fähigkeiten und Kräfte des Vampirs

So unschön es ist: Dazu liefert die Quelle nichts. Indirekt sei der Schluss erlaubt: Vampire verfügen über verstärkte physische Kräfte. Wie sonst lässt sich erklären, dass erst zehnjährige oder noch jüngere Kinder als Blutsauger den Ort heimsuchen und fähig sind, Erwachsene zu würgen und ihnen ernsthaft zuzusetzen – typisches Vampirverhalten vorausgesetzt?

Zudem müssen sie wohl in der Lage sein, unbemerkt nachts in die Schlafräume der Menschen einzudringen, um ihre Opfer in aller Heimlichkeit zu quälen. Doch wie schaffen sie das?

Letztendlich sorgen sie mit ihrem Besuch für den Tod der Personen innerhalb weniger Tage. Aber ausdrückliche Hinweise auf Flugeigenschaften, Zauberei oder andere Befähigungen sind nicht zu finden.

Wie gut, dass es die Sekundärliteratur gibt!

Wer bist du denn?

So leid es mir tut: Türen und Fenster fest zu verschließen nützt generell nichts gegen Vampire, so der Glaube, der interessanterweise dabei die Schreckgestalten der Hexen und Moren mit einschließt. Damit ist die Klischeesache mit dem »ein Vampir muss eingeladen werden, um ins Haus zu gelangen«, vom Tisch.

Die stärksten physischen Kräfte besitzt der Vampir im Glauben der Zigeuner von Podrima in den Tagen nach seinem ersten Erscheinen, an denen er besonders gefährlich ist[192]; in Novopazarski Sandzak erreicht er erst nach sechs Wochen seine volle Stärke.[193]

---

[192] Vukanovic, S. 210.
[193] Vukanovic, S. 217.

Generell scheint der Vampir an körperlichen Kräften weit überlegen zu sein: In Kämpfen mit den Blutsaugern wird von gebrochenen Kiefern und Gliedmaßen berichtet, die sich seine Opfer und Jäger zuzogen.[194] Es heißt auch, der Vampir sei mit größerer Stärke und Agilität als ein Mensch ausgestattet und könne schneller als der Wind rennen.[195] Wie schnell wird ein Tornado noch gleich? Verdammt fix!

Vampire, so eine Ansicht der Serben und Bulgaren, können durch ihre Verwandlungsfähigkeit durch die kleinste Ritze in Zimmer eindringen.[196]

Nach deren und neugriechischer sowie russischer Vorstellung kann er fliegen[197], generell seine Gestalten nach Belieben wechseln und auch jede Tiergestalt annehmen.[198]

Explizit: Wolf, Pferd, Ziege, Henne, Katze, Hund, Esel, Schwein[199], Luchs[200], Ochse[201], Schafbock[202], während er bei den Walachen in Gestalt von Fröschen, Flöhen und Wanzen bevorzugt das Blut von Jungfrauen saugt.[203] Ach, Mist. Es gibt doch wählerische Vampire. Vermutlich sind die Jungfrauentrinker ausgestorben, ist aber nur eine Theorie.

Erwähnt werden außerdem die Formen Schmetterling, Fal-

---

[194] Wright, S. 106.
[195] Summers (1928), S. 181.
[196] Krauß, S. 128; Afanas'ev, S. 162.
[197] Andree, S. 80, 89; Sturm/Völker, S. 80; Afanas'ev, S. 160.
[198] Andree, S. 80, 89; Sturm/Völker, S. 80.
[199] Sturm/Völker, S. 80; Harmening, S. 62.
[200] Harmening, S. 62.
[201] Vukanovic, S. 217.
[202] Vukanovic, S. 217.
[203] Hock, S. 25; Harmening, S. 62.

ter, Schlange[204], Fliege[205], Spinne[206], Maus, Eule, blutgefüllter Topf, ölgefüllte Ziegenhaut. Auftreten kann er außerdem in Gestalt eines Werwolfs.[207]

Gemein, oder?! Menschen als Werwolf anfallen und der Konkurrenz die Schuld in die Schuhe schieben. Aber Topf und Ziegenhaut, ach herrje! Da wäre ein Imageberater dringend notwendig gewesen.

Es wird auch erwähnt, der Vampir könne sich in einen Heuschober verwandeln ...

Halt, halt!

Damit ist keine Scheune zur Massenaussaugung gemeint, sondern die kleinen, hüttenähnlichen Heugebilde auf den Feldern. Über ein schmales Holzkonstrukt legten die Bauern früher das frische Gras zum Trocken. Je mehr Gras, desto größer diese Schober, und darin entstand ein Hohlraum. Sieht man heute noch gelegentlich in Alpengebieten.

Wenn sich nun Kinder hineinbegaben, um zu spielen, oder Liebespaare, um Erwachsenenspiele zu spielen, ist der Vampir über sie hergefallen.[208] Wackelt so ein Schober, muss es nicht zwangsläufig heiter darin zugehen.

Ungewöhnlich scheint auch die Möglichkeit, dass sich die Vampire in Wagenräder oder nächtliches Leuchten verwandeln können.[209] Mir ist schleierhaft, was das bringen soll. War

---

[204] Krauß, S. 128, 133; Sturm/Völker, S. 80.
[205] MacKenzie, S. 97.
[206] Ebda, S. 97.
[207] Afanas'ev, S. 162.
[208] Krauß, S. 129; Burkhart, S. 9.
[209] MacKenzie, S. 97.

das sprichwörtliche fünfte Rad am Wagen ein Vampir? Sind Polarlichter Vampire auf Wanderschaft?

Zurück zu den wirklich unangenehmen Exemplaren, die durchaus als Landstrichentvölkerer dienen können. In nur *einer* Nacht.

Über Kräfte dieser besonderen Art verfügt der Vampir in Chios und Böhmen. Dort klopft der Blutsauger an Türen oder ruft dem Wanderer etwas zu. Wer ihm antwortet, stirbt![210]

Die Kaschuben glauben, dass ein Vampir, nachdem er alle seine Verwandten getötet hat (in welcher Geschwindigkeit auch immer), nachts die Kirchenglocke läutet. Alle diejenigen, welche den Ton hören, müssen sterben.[211]

Perfide ist nicht nur die Tarnung als Gegenstand oder Viech. Die Trickkiste des Vampirs ist voller netter Sachen.

Nach Ansicht der muslimischen Zigeuner im Dorf Carpaci und Umgebung ist der Vampir für normale Menschen sogar völlig unsichtbar und kann nur von Dhampiren, Magiern und Hexenmeistern entdeckt werden.

Machen diese Spezialisten den Blutsauger durch Rituale sichtbar, ist der Anblick für die normale Bevölkerung gefährlich, denn er verursacht Fieber und den Tod.[212] Sozusagen die natürlichen Abwehrmittel des Vampirs.

Hex, hex!

Abgesehen davon, dass der Vampir schon so vieles beherrscht, wird es noch schlimmer: Ihm werden Zauberfertigkeiten zugeschrieben!

---

[210] Krauß, S. 26; Andree, S. 86.
[211] Temme, S. 308; Perkowski, The Vampire, S. 138.
[212] Vukanovic, S. 220.

Sie sind schuld an Hungersnöten, weil Vampire durch Wassermühlen, Fruchtscheunen und Vorratskammern streifen und vermutlich mit Flüchen Schaden anrichten[213]. Sie zerstören die Blüten an Obstbäumen durch plötzliche Frosteinbrüche oder Hagel.[214]

Wasser ist ein bedeutendes Gut.

Fehlt es, geht der Mensch zugrunde – und genau das will der Vampir. So melkt er nach russischer Ansicht die Wolken oder stiehlt den Tau und sorgt so für Regenmangel.[215]

Außerdem sind Vampire verantwortlich für sommerliche Hitzeperioden, Stürme, Viehseuchen[216] und diverse Krankheiten[217], vor allem die Pest.

Hier blitzt wieder auf, warum die Menschen einen Vampir sofort suchten und unschädlich machten: Die Kreatur ist nicht nur lebensbedrohlich für einen Ort, sondern für einen ganzen Landstrich oder eine komplette Region!

Wie lange hast du noch?

Was die Lebensdauer eines Vampirs angeht, wenn er nicht von der Bevölkerung getötet wird, gibt es wenige Angaben.

Manche schreiben dem Blutsauger sieben Jahre zu, bevor er dann für immer stirbt.[218]

---

[213] Krauß, S. 125.
[214] MacKenzie, S. 89; Afanas'ev, S. 169.
[215] Stern, B.: Geschichte der öffentlichen Sittlichkeit in Russland, Bd. I, S. 55; Summers (1980), S. 308.
[216] Afanas'ev, S. 170.
[217] Afanas'ev, S. 170; Wright, S. 3.
[218] Krauß, S. 128, 133.

Einige Zigeuner in der Umgebung von Podrima (Kosovo-Metohjia) sowie benachbarte Serben und Albaner glauben, dass, wenn ein Vampir nach dreißig Jahren nicht zerstört wurde, er sich zu einem menschlichen Wesen zurückverwandelt und fortan in einem sozialen Beruf wieder unter die Menschen mischt.[219] Krankenpfleger, Labore, Blutbank. Es gibt doch ständig Berichte darüber, dass in Deutschland das Blut in den Krankenhäusern knapp wird – schon klar!

Andere Zigeuner in Stari Ras denken, dass das Leben des Vampirs nur vierzig Tage bis nach seiner Beerdigung währt.[220] Wieder andere gehen von drei Monaten aus. Und in Prizrenski Podgor ist die Ansicht verbreitet, der Blutsauger wandele sich nach drei oder vier Jahren zum Menschen zurück; in einem benachbarten Distrikt spricht man dagegen von vierzehn Jahren.[221]

Wieder einmal hagelt es Informationen. Sind es gezielte Desinformationen der Verschwörer?

5. Vorsichtsmaßnahmen

Zurück nach Medvegia.

Allmählich nähern wir uns dem Bereich des Unappetitlichen.

Fangen wir langsam an.

Der arme Paole versucht zwar noch, sein Schicksal abzuwenden, indem er Erde vom Vampirgrab gegessen und sich

---

[219] Vukanovic, S. 210 und 215.
[220] Vukanovic, S. 215 und 217.
[221] Vukanovic, S. 215.

mit dessen Blut eingeschmiert hat. Trotzdem wird er selbst nach seinem Unfall zu einem Blutsauger.

Die gefundenen Möglichkeiten in der Literatur sind weitaus umfassender und reichen vom Zeitpunkt ihrer Anwendung von der *Geburt* des Kindes bis hin zur *Beerdigung*.

Prävention, Freunde, Prävention!

Gegen die erwähnte Vererbung des Vampirismus schützt nur, das Blut eines Vampirs zu trinken[222]; kommt das Kind bei Kaschuben mit einer Glückshaube zur Welt, muss sie aufbewahrt, getrocknet, zerrieben, unter die Milch gemischt und dem Säugling eingeflößt werden.[223]

Wer von einem Vampir gebissen wurde, muss entweder von dessen Blut trinken oder Erde von dessen Grab zu sich nehmen, um nach dem Tode nicht das gleiche Ende zu erleiden.[224] Abhilfe soll, wie in der Quelle, auch das Einreiben des eigenen Körpers mit Vampirblut schaffen.[225] Nicht gerade fein. Und von der Infektionsgefahr gar nicht erst zu reden.

Ging eine mögliche Gefahr nur deshalb von dem Toten aus, weil er exkommuniziert worden war, konnte dem Sünder nachträglich die Absolution erteilt und damit Schlimmeres verhindert werden.[226] Ebenso war es möglich, einen Fluch (beispielsweise ausgesprochen von Vater oder Mutter) auch nach dem Tod des Verfluchten per Ritual aufzuheben.[227]

---

[222] Hertz, S. 123; Mannhardt, W.: Die praktischen Folgen des Aberglaubens. 1878, S. 13; Perkowski, Vampires, S. 192.
[223] Hock, S. 27; Mannhardt, S. 260; Cremene, S. 37.
[224] Hertz, S. 126.
[225] Wright, S. 79.
[226] Summers (1928), S. 101.
[227] Summers (1928), S. 162.

Erhöhte Obacht!
Jetzt wird es unlecker. Bisher waren die harmlosen Varianten zu lesen.

Die meisten Maßnahmen beschäftigen sich in erster Linie mit der Absicherung der Leiche und in diesem Zusammenhang mit massiver Verstümmelung des Verstorbenen.

Schon *vor* und *während* der Beerdigung wurden gewisse Vorkehrungen getroffen.

Auch wenn es jetzt wie ein Grillrezept klingt, damit hat es nichts zu tun: Die Walachen rieben verdächtige Tote mit dem Fett eines Schweins ein, das am Tag vor Weihnachten[228] oder am Tag des heiligen Ignatius[229] (17. Oktober) geschlachtet wurde. In Teilen Rumäniens stopfte man den Toten Weihrauch in Nase, Ohren und Augen[230], in Bulgarien Hirse und Knoblauch.[231]

Der Transport der Leiche ist entscheidend, und hier sollten die Bestatter unter den Lesern wieder besonders gut aufpassen.

Es wurde darauf geachtet, den Toten mit den Füßen voraus aus dem Haus zu tragen[232], oft unter der Schwelle durch[233], um zu verhindern, dass er den Weg zurück fand. Wollte man noch sicherer gehen, legte man in den Sarg Erde von unter der Schwelle, um die Rückkehr zu verhindern.[234] Warum die Türschwelle eine abweisende oder gar eine erinnerungslöschende

---

[228] Hertz, S. 126.
[229] Wright, S. 12.
[230] Cremene, S. 88.
[231] Vakarelski, Christo: Bulgarische Volkskunde. Berlin 1968, S. 302.
[232] Hock, S. 27; Sturm/Völker, S. 80; Hellwig, S. 24.
[233] Andree, S. 86; Sturm/Völker, S. 80; Hellwig, S. 24; Liebrecht, S. 373.
[234] Perkowski, Jan Louis: Vampires, Dwarves and Witches among the ontario Kashubs. In: ders: Vampires of the Slavs. Cambridge 1976, S. 191.

Wirkung hat, wird nicht erwähnt. Vermutlich wäre es mir auch gleichgültig, solange es funktioniert.

Schön und gut, aber was tun, wenn das Haus auf Fels gebaut ist?

Ganz einfach: Tote wurden aus dem Fenster oder aus einem eigens gebrochenen Loch in der Wand aus dem Haus geschafft.[235]

Weg damit ...
Nicht immer endete der suspekte Tote auf dem Friedhof.

Die besorgten Trauergäste vergruben solche Särge unter anderem an Kreuzungen, damit der Vampir sich verlaufen oder zumindest nicht zurückfinden würde.[236]

Im russischen Fall genügte es, die Leichen in Seen, Tümpel oder Schluchten zu schleudern oder an verlassenen Orten ohne christliches Begräbnis liegen zu lassen.[237] Auf keinen Fall sollte es ihnen gelingen, zu den Behausungen der Menschen zurückzukehren.

Schnipp, schnapp, alles ab ...
War der Ort so weit geklärt, rückten nun andere Maßnahmen in den Vordergrund.

Dort, wo böse Geister für die Rückkehr als Vampir verantwortlich gemacht wurden, galt es, besonders diese während der Beerdigung zu überlisten. In Teilen Rumäniens wurde deshalb verlangt, dass man während einer Bestattung tanzen

---

[235] Vakarelski, S. 312; Hock, S. 27.
[236] Liebrecht, S. 373; Moszynski, S. 182; Wright, S. 12.
[237] Haase, S. 329; Máchal, S. 24; Moszynski, S. 182.

und singen soll, um die lauernden bösen Geister glauben zu machen, sie würden einer Feier und nicht einer Beerdigung zusehen.

Clever, wie ich finde.

Es wird sogar berichtet, dass dieser Glaube so weit ging, dass starke Männer den Toten hin und wieder aufhoben und mit ihm tanzten, um einen lebendigen Eindruck zu vermitteln.[238]

Na ja ... Ich musste da spontan an die Szene aus »Interview mit einem Vampir« denken, als Lestat die tote Mutter aufhob und eine Tarantella aufs Parkett legte.

Das Ganze setzt voraus, dass der Tote noch in gutem Zustand ist. Selbst Geister werden nicht mehr an einen Lebendigen glauben, wenn Einzelteile abfallen.

Was konnte man noch tun?

Eine Möglichkeit war, das Grab doppelt so tief wie gewöhnlich auszuheben[239] und die Leiche mit dem Gesicht nach unten in den Sarg zu legen, damit sie sich im Falle der Wandlung zum Vampir tiefer in die Erde anstatt nach oben grub.[240] Der flüssige Erdkern als Vampirschmelze.

Schlesischem Glauben nach soll dies außerdem verhindern, dass der starre Blick des mutmaßlichen Vampirs denen Schaden zufügen kann, die mit dem Toten zu schaffen haben.[241] Haben wir hier den Grund, warum den Toten die Augen geschlossen beziehungsweise zugedrückt werden?

---

[238] Cremene, S. 84.
[239] Summers (1928), S. 202.
[240] HWB d. dt. Abergl., S. 819; MacKenzie, S. 101; Perkowski, Vampires, S. 192.
[241] Drechsler, Paul: Sitte, Brauch und Aberglaube in Schlesien. Leipzig 1903, S. 319.

Lange angekündigt, jetzt kommt der härtere Part der Vampirabwehr. Wer zart besaitet ist, der sei wieder vorgewarnt.

Nicht ungewöhnlich sind das Durchschneiden der Fußsohlen und -sehnen, Kniesehnen oder das Abhacken einer Zehe, um den mutmaßlichen Vampir am Verlassen des Grabes zu hindern.[242] Glühende Kohlen wurden bei den Bulgaren auf die Füße des Toten geschüttet, um die Extremitäten abzubrennen und das Laufen somit unmöglich zu machen.[243]

Wer sich übrigens wundert, dass ich bei den Fallbeispielen in den Zeitformen hin- und herspringe: Das liegt an den gefundenen Stellen in der Sekundärliteratur. Mitunter sind sie in der Gegenwartsform geschrieben, und da ich mich darauf beziehe, übernehme ich es so. Und auch nicht vergessen werden darf dabei, dass es mitunter ältere Werke sind. Mag sein, dass es sich für einen Autor dieser Zeit noch so darstellte.

Ein weiteres Mittel stellte ein langer Nagel dar, der durch den Kopf der Leiche getrieben wurde, um den Toten entweder fest im Sarg zu verankern oder zu erreichen, dass »sich die Haut nicht aufblähen könne, sollte der Teufel sie aufzublasen versuchen, um den Toten in einen Vampir zu verwandeln«.[244] Der Einfluss der Hölle als realer Ort mit realen Kräften und Wesenheiten wird hier wieder überdeutlich.

Um das Aufblähen, sprich: die Umwandlung zu verhindern, hat man ihm außerdem einen dornigen Stock[245] oder andere scharfe Gegenstände, in erster Linie Sicheln, auf den Leib gelegt.[246] Prinzip Luftballon: Bläst er sich auf, macht es peng.

---

[242] Krauß, S. 127; Afanas'ev, S. 172; Moszynski, S. 182; Wright, S. 90.
[243] Barber, S. 35.
[244] Krauß, S. 127.
[245] HWB d. dt. Abergl., S. 819.
[246] Balassa, Ivan/Ortutay, Gyula: Ungarische Volkskunde, München 1982, S. 673; Moszynski, S. 182.

Sehr ökonomisch ist diese Variante: In Jugoslawien fanden sich Sicheln, die um den Nacken des Toten gelegt wurden, damit sich bei der Wandlung zum Blutsauger der Vampir selbst enthauptet.[247]

Dass Grabbepflanzung mehr als Schmuck ist, zeigt folgendes Beispiel. In den Wurzeln des Ablegers eines wilden Rosenstocks sollten sich die Kleider des Vampirs verfangen, damit er nicht aus dem Grab gelangte.[248]

Fesselspiele mal anders

Belegt sind auch Fälle, in denen die suspekten Leichen an Händen gefesselt oder mit Nägeln im Sarg fixiert[249], die Särge sogar zusätzlich mit Eisenriegeln und -klammern verstärkt wurden, um ein Entkommen unmöglich zu machen.[250]

Das Überkreuzen der Arme soll ebenfalls verhindern, dass der Tote zum Vampir wird.[251] Gleiches wird vom nachträglichen Brechen des Rückgrats behauptet.[252]

In Bosnien war es Brauch, dem Toten ein Stück Erde auf die Brust zu legen[253] oder ihm unter die Zunge ins Fleisch eine Weißdornnadel zu stechen, in der Hoffnung, dass die Umwandlung der Leiche in einen Vampir nicht stattfinde.[254] Außer den Erdbrocken wird gerne zwischen Brust und Kinn

---

[247] Barber, S. 50.
[248] Hertz, S. 126; Afanas'ev, S. 174; Wright, S. 8.
[249] Hellwig, S. 24; HWB d. dt. Abergl. S. 819, MacKenzie, S. 98; Moszynski, S. 182; Wright, S. 90.
[250] Hellwig, S. 24; Wright, S. 112.
[251] Wright, S. 12.
[252] Wright, S. 13.
[253] Hellwig, S. 24; Krauß, S. 126.
[254] Krauß, S. 126; Moszynski, S. 182.

ein Stück Papier, ein Bild oder ein anderer Gegenstand gelegt.[255] Bekannt sind außerdem Kreuze aus Espenholz, die auf die Brust, unter die Arme und das Kinn gelegt wurden.[256]

Wichtig ist es, dass der Tote was zu kauen hatte und nicht auf die Idee kam, aufzustehen und sich selbst was zu suchen.

Die Angehörigen gaben ihm einen Pfennig[257], eine Hostie[258] oder das Kreuz eines Rosenkranzes in den Mund, an denen er lutschen sollte, oder sie banden den Mund zusätzlich zu[259] oder füllten ihn mit Eisenspänen.[260]

Die Hostie als christliche Abwehrwaffe: Sie hatte auch den Zweck, dass sich kein böser Geist durch den Mund in das Innere des Toten schleichen konnte und ihn zum Vampir werden ließ.[261] Sozusagen ein Türsteher des Glaubens.

Wenn mal gerade keine Hostie zur Hand war, behalf man sich anders. Simpel, aber vom Gedanken her logisch war es, einen Backstein in den Mund zu schieben. Nach Ansicht der Kaschuben sollte er dazu dienen, dass sich der Vampir die Zähne ausbiss.[262]

Versöhnungsgeschenke sind immer gut, deswegen hat man Beigaben ins Grab gelegt.

Sie bestanden in Rumänien außer besagter Münze aus

---

[255] Hertz, S. 125; Hellwig, S. 24, HWB d. dt. Abergl., S. 819.
[256] HWB d. dt. Abergl., S. 819; Perkowski, S. 138; Afanas'ev, S. 172.
[257] Hertz, S. 125; Hellwig, S. 24; HWB d. dt. Abergl., S. 819; Moszynski, S. 182; Perkowski, Jan Louis: Vampires, Dwarves an Witches among the ontario Kashubs. In: ders: Vampires of the Slavs. Cambridge 1976, S. 191.
[258] Summers (1928), S. 104.
[259] Hellwig, S. 24.
[260] MacKenzie, S. 96.
[261] Summers (1928), S. 106.
[262] Perkowski, Vampires, S. 191.

einem Handtuch und einer Kerze; die Kerze, überliefert auch für Pommern und Bulgarien, sollte der Seele den Weg in der Dunkelheit in Richtung Himmel sichern und verhindern, dass der Tote sich zum Vampir wandelte.[263] Das Handtuch kann ich mir wiederum nicht erklären. Mit »Per Anhalter durch die Galaxis«, wo der Held das Handtuch auf seine Reise mitnimmt, wird es wohl nichts zu tun haben.

Dann gibt es noch die brachial-brutalen Methoden.

In Serbien und Bulgarien schlug man den verdächtigen Toten präventiv den Kopf ab[264], legte Erde zwischen Kopf und Rumpf oder platzierte den Kopf zwischen den Füßen.[265] Anwachsen unmöglich.

Eine andere in Bulgarien angewandte Methode war das Übergießen des verdächtigen, bereits vorsichtshalber gepfählten Toten mit mehreren Kübeln kochenden Weins, um damit einen eventuellen bösen Geist, der den Toten zum Vampir werden lässt, zu exorzieren.[266] Vermutlich war er danach eher besoffen und torkelte heraus.

Auf zum fröhlichen Pflöcken und Pfählen!

Einen Pfahl aus Weißdorn, Esche, Walnuss oder Lindenholz in den Körper, in den Kopf, den Hintern, unter die Fingernägel, vorzugsweise in das Herz oder den Nabel zu rammen, gehörte in Deutschland, Polen, Serbokroatien und der

---

[263] Perkowski, Jan Louis: The romanian Folkloric Vampire. East european Quaterly 16:3 (Sept 1982), S. 313; Knoop, Volkssagen, S. 164.
[264] Hellwig, S. 24.
[265] HWB d. dt. Abergl., S. 819; Moszynski, S. 182.
[266] Afanas'ev, S. 173.

Westukraine ebenfalls zum Repertoire der Sicherheitsvorkehrungen[267].

Der Nabel, das zur Erklärung des Verfahrens, galt als Symbol für das Leben, weil er die Verbindung zum Mutterleib und damit zum Wachstum darstellte. Durchbohrte man diese Stelle, beendete man das Leben.[268]

Andere spitze Gegenstände, wie Nadeln oder glühende Eisenstäbe, die in Herz oder Nabel getrieben wurden, dienten dem gleichen Zweck.[269]

Und bitte *keine Fragen* zum Hintern! Ich habe *keine* Ahnung und möchte es auch nicht wissen, was es *damit* auf sich hat...

Es konnte auch geschehen, dass man jemanden vergraben hatte, der erst posthum in den Verdacht geriet, ein Vampir zu sein oder werden zu können.

Solche verdächtige, bereits beerdigte Leichen wurden nachträglich durch die Erde mit langen Pfählen aus Esche, Weißdorn oder Wacholder durchbohrt.

Die Helfer breiteten zum Schutz vor dem austretenden Blut Häute über das Grab und trieben dadurch die Pfähle in die Erde, wobei entweder auf den Bauch oder den Kopf des Toten gezielt wurde.

Füllte sich das Grab mit einer Blutpfütze, sah man sich in der Annahme bestätigt, es mit einem angehenden Vampir zu tun gehabt zu haben.[270]

---

[267] Moszynski, S. 182; Wright, S. 8.
[268] Krauß, S. 127.
[269] Cremene, S. 89.
[270] Trigg, Elwood B.: Gypsy Demons and Divinities: The Magic and Religion of the Gypsies. New York 1973, S. 156.

Pack was drauf!

Auf das Grab selbst wurden in manchen Fällen zusätzliche Steine[271] oder ein Kreuz[272] gelegt, um das Herauskommen des Vampirs zu verhindern.

Wer das nächste Mal auf dem Friedhof unterwegs ist, sollte sich fragen, warum es diese für meinen Geschmack hässlichen Grabvollverblendungen aus poliertem Stein gibt.

Sicherlich ist es einfacher, solche Gräber in Ordnung zu halten – aber gleichzeitig hat man die Gewissheit, dass der Tote nicht ans Freie gelangt. Das wissen vermutlich die wenigsten, aber der Ursprung könnte sicherlich darin liegen oder eine Rolle gespielt haben.

Das Abbrennen von Räucherwerk, Schwefel oder Pulver auf der Ruhestätte als symbolische Verbrennung der verdächtigen Leiche ist ebenfalls überliefert. Danach wurden fünf alte Messer oder vier Weißdornspitzen auf das Grab gesteckt, die den eventuellen Vampir beim Verlassen seines Versteckes aufspießen sollten.[273] Den gleichen Zweck erfüllten neun Spindeln, die in die Graberde gerammt wurden.[274] Ich rate davon ab, das zu praktizieren. Wird mindestens schiefe Blicke einbringen.

Eine schmale Weißdornspitze wurde im östlichen Serbien neben das Kreuz in die Erde geschlagen; auch das sollte verhindern, dass eine Wandlung der Leiche einsetzte.[275]

Die Inhaber von Waffenbesitzkarten haben einen deutlichen Vorteil.

---

[271] Moszynski, S. 182; Wright, S. 13.
[272] Wright, S. 12.
[273] Krauß, S. 127.
[274] Cremene, S. 90.
[275] Cajkanovic, Veselin: The killing of a Vampire. Folklore Forum 7:4 (1974), S. 263.

In Ungarn bestand die Möglichkeit, den Toten von der Rückkehr als Vampir abzuhalten, indem man mehrmals mit Schusswaffen in das Grab feuerte, sobald der Sarg in die Grube gelassen wurde.[276]

Äh, okay... Bei genauerer Überlegung kommt es wahrscheinlich nicht gut an, wenn bei der Beerdigung von Tante Käthe der Neffe mit seinem großkalibrigen Revolver satte sechs Salutschüsse gezielt in den Sarg jagt.

Wäre aber eine coole Filmszene!

Pack was rein!
Wenn kleine Kinder nerven, muss man sie beschäftigen.

So ähnlich hat man es auch mit Vampiren gemacht. Diese Grabbeilagen sind weniger drastisch und dramatisch. Und günstig noch dazu!

Bekannt sind Fischernetze[277], Samenkörner, wie Mohn[278], Senf[279], Hafer[280], Leinsamen[281], Karotten[282] oder Beutel mit feinen Sandkörnern.[283]

Klingt komisch, ist aber so.

Denn man glaubte, dass der Vampir jedes Jahr entweder einen Knoten vom Netz zu lösen oder ein Samenkorn bezie-

---

[276] Barber, S. 54.
[277] HWB d. dt. Abergl., S. 819; Sturm/Völker, S.79; Hellwig, S. 24; Perkowski, Vampires, S. 191.
[278] HWB d. dt. Abergl., S. 819; Sturm/Völker, S.79; Hellwig, S. 24; Moszynski, S. 182; Afanas'ev, S. 174; Perkowski, Vampires, S. 191.
[279] Abbott, S. 219.
[280] Abbott, S. 220.
[281] Barber, S. 49.
[282] Meyer, Hans B.: Das Danziger Volksleben. Würzburg 1956, S. 164.
[283] Perkowski, Vampires, S. 191

hungsweise ein Sandkorn zu zählen hatte, was die Rückkehr des Toten auf Dauer verhinderte. Den gleichen Zweck erfüllte ein Strumpf, an dem er jährlich eine Masche aufriss.[284]

Kennt jemand noch Graf Zahl aus der Sesamstraße? Im Englischen hieß er übrigens doppeldeutigerweise »Count«.

Hatte also einen tieferen Sinn, dass er dem Zählwahn verfallen war.

Was noch?

Unter der Erde ist nicht aus dem Sinn. Ganz im Gegenteil, denn die Sorge um das Schicksal des Toten endete nicht mit der Beerdigung.

In Bulgarien und Ungarn wurden Gefäße mit Wasser an die Gräber gestellt, in denen sich die Seelen, wenn sie auf Wanderschaft gehen wollten, verfangen sollten. Heute hat es manchmal den Anschein, dass diese dunkelgrünen Plastikvasen dazu benutzt werden. Über Geschmack lässt sich streiten.

Auch das Leichenwasser – das Wasser, mit dem der Tote gewaschen wurde – diente zur Abwehr, indem es *hinter* dem Sarg ausgeschüttet wurde und als Barriere fungieren sollte.

Dahinter vermutet man den Ursprung des Glaubens, ein Vampir könne im Allgemeinen kein Wasser überqueren.[285]

Eine andere Möglichkeit bestand darin, ein Tau auf dem Grab auszubreiten und es anzustecken, in der Hoffnung, der Vampir würde durch die Flammen flüchten und dabei verbrennen.[286]

---

[284] Hertz, S. 125.
[285] Barber, S. 150 und 181.
[286] Summers (1980), S. 309.

Notfalls griff man doch wieder auf den *Herrn* zurück: Manchmal wurde das Grab mit einem kirchlichen Bannfluch belegt, um den Blutsauger in seine Ruhestätte zu zwingen.[287]

Nachschauen kann man ja notfalls auch, wie es unter der Erde zuging.

Auf dem Balkan war es – nach der Ansicht einiger Forscher – durchaus üblich, die Leiche nach einem gewissen Zeitraum von drei bis sieben Jahren auf ihren Zustand im Grab hin zu untersuchen. Verwesungs-Check.

Die Rumänen untersuchten ein Kindergrab nach drei Jahren, das Grab einer jungen Person wurde nach vier bis fünf Jahren geöffnet und nach sieben und mehr, wenn es sich um einen Erwachsenen gehandelt hatte.[288]

War der Tote verwest, exhumierte man die Überreste, wusch die Knochen säuberlich ab und bestattete das Übriggebliebene neu.[289]

Wie bereits anklang, zeigte der Verwesungszustand, dass die Seele ihre Reise in den Himmel geschafft hatte.[290]

War der Tote nicht verwest, konnte es sich nur um einen Vampir handeln, der unverzüglich unschädlich gemacht werden musste.

---

[287] Summers (1980), S. 309.
[288] Summers (1980), S. 301/302.
[289] Cremene, S. 87; Senn, S. 71.
[290] Schneeweis, Edmund: Serbokroatische Volkskunde. Berlin 1961, S. 103.

6. Direkte Abwehrmittel

Was tun, wenn die Beißer schon auf der Pirsch sind?

Interessanterweise wussten sich die Bewohner von Medvegia nicht vor den Vampiren zu schützen, obwohl theoretisch zahlreiche Abwehrmittel bekannt sind. Für sie ist allein die Auslöschung der Blutsauger der beste Schutz.

Wieder gibt die Sekundärliteratur etliche Hinweise.

Vor der Heimsuchung schützten sich Frauen, die dem Verstorbenen einen Totenbesuch abgestattet hatten, indem sie alte Schuhe anzogen und sich Weißdorn hinter die Kopftücher banden. Auf dem Rückweg wurde beides weggeworfen, um den Vampir zu zwingen, die Sachen aufzulesen und von seinem Vorhaben abzulassen.[291]

Streut man die oben aufgeführten Samen und Sandkörner nicht ins Grab, sondern auf den Weg, muss der Vampir erst alle aufsammeln. Und zwar eines pro Jahr. Er ist so beschäftigt mit seiner Arbeit, dass er alle anderen Vorhaben darüber vergisst.[292]

Man möchte ja nicht glauben, wie einfach diese Wesen zu überlisten sind. Die Magie der Zahlen und des Zählens. Daher müsste es heißen: Die Mathematik ist mächtiger als der Vampir.

Geh weg I!

Zu meiner Erleichterung und zur Rettung der Gefährlichkeit des Vampirs war es dann jedoch nicht immer so einfach,

---

[291] Krauß, S. 128.
[292] Barber, S. 49.

die Untoten zu bannen. Hätte den zukünftigen Vampirfilmen auch schon ihren Reiz genommen, wenn die heldenhaften Vampirjäger mit Mohn- und Möhrensamen um sich werfen und die Meute Blutsauger sich artig bückt, um die Körner aufzusammeln. Eines pro Jahr ...

Um das Haus und seine Bewohner vor Vampirbesuch zu schützen, verwendeten die Serben reinen Teer, der in Kreuzform auf Türen und Eingänge der Häuser, Hütten und Scheunen aufgetragen wurde.[293] Geht man nachts in Serbien an einem Friedhof vorbei, soll das Bekreuzigen verhindern, dass der Passant von einem Vampir angefallen wird.[294]

Apropos Kreuz.

Generell funktionierte dieses klassischste aller Vertreibungsmittel jedoch begrenzt. Denn nur wo der Vampir als eine Verkörperung des Teufels angesehen wurde, genügten ein Kruzifix[295], eine Bibel und ein Gesangbuch oder Gegenstände, die mit der Kirche in Beziehung standen und von ihr geweiht wurden, sowie das Gebet.[296] Entsprechend geweihte Amulette oder Inschriften wurden zum gleichen Zweck auch von Moslems benutzt.[297]

Wichtig anzumerken ist es, dass das Kreuz allein zwar eine vertreibende, keineswegs aber vernichtende Wirkung auf die Vampire hatte.

In Suebia (Hermannstadt) soll auf Vampire und Hexen

---

[293] Krauß, S. 128.
[294] Barber, S. 64.
[295] Sturm/Völker, S. 80; Wuttke, Adolf: Der deutsche Volksaberglaube der Gegenwart, Hamburg 1860, S. 142.
[296] Wuttke, S. 142.
[297] Vukanovic, S. 222.

gleichermaßen der Klang von Kirchenglocken abschreckend gewirkt haben.[298]

Schutz vor dem Besuch in den vier Wänden lieferte ebenfalls ein spitzer, scharfer Gegenstand, vorzugsweise ein Messer, der über der Haustür angebracht war.[299]

Die können mir nichts!
Ein an sich guter Gedanke ist, sich zu immunisieren. Eine Art Schutzimpfung.

Besser gesagt: Schluckimpfung.

Um sich nämlich völlig immun gegen die Kräfte des Vampirs zu machen, musste ein Teil dessen Blutes mit Mehl vermischt und daraus ein Brot gebacken werden. Der Genuss eines großen Stückes verhinderte, dass der Esser Schaden vom Vampir nahm.[300]

Das ist eklig?

Nein, *das* ist eklig: Eine andere Möglichkeit bestand in Pommern darin, das Blut, das am Leichentuch eines Vampirs klebte, in ein Glas mit Branntwein zu wringen und zu trinken.[301]

Geh weg II!
Was bei nervig-sirrenden Stechmücken funktioniert, greift auch bei den großen Blutsaugern: Abwehrstoffe auf Geruchsbasis!

---

[298] Summers (1980), S. 312.
[299] Sturm/Völker, S. 80.
[300] Wright, S. 13.
[301] Bargheer, S. 78.

Immer effektiv waren stark riechende Sachen, Gewürze oder Kräuter, allen voran der Knoblauch[302], Parfum[303], grüne, zerriebene Nuss-Schalen oder Kuhmist, der an einem Weißdornbusch gefunden wurde.[304]

Wenig appetitlich auch die Empfehlung, menschliche Exkremente auf ein Tuch zu geben und auf der Brust zu tragen.[305]

Der Vampir, so die Meinung, fühle sich von den starken Gerüchen abgeschreckt.[306]

Ohne Gestank geht es auch.

Wolfskraut, aber auch silberne Messer oder andere scharfe Gegenstände, unter Matratzen und Kinderbettchen gelegt, schützten die Schläfer vor Vampiren und Werwölfen.[307]

Die Zigeuner in Podrima, Drenica, Metohiski Podgor und Lab im Gebiet Kosovo-Metohija glauben daran, dass ein im Haus aufbewahrtes Stück Wacholderholz den Vampir vom Besuch oder, wenn er eingedrungen ist, ihn zumindest vom Wüten abhält.[308]

Die Zigeuner in Stari Ras schützen sich vor der Heimsuchung von Blutsaugern mit Dornenzweigen, vorzugsweise Akazie oder Weißdorn, rund um die Fenster[309], andere in der Region umgeben ihr komplettes Haus damit.[310] Die altertümliche Form des Stacheldrahtes.

---

[302] Schmidt, Bernhardt: Der böse Blick und ähnlicher Zauber im neugriechischen Volksglauben. In: Neue Jahrbücher für das klassische Altertum, Geschichte und deutsche Literatur 16, 1913, S. 574 ff; Barber, S. 63.
[303] Barber, S. 131.
[304] Burkhart, S. 234.
[305] Andree, S. 84.
[306] Barber, S. 131.
[307] Barber, S. 63 und S. 64.
[308] Vukanovic, S. 221.
[309] Vukanovic, S. 221.
[310] Vukanovic, S. 222.

Weil sich der Vampir vor schwarzen Hunden und schwarzen Hähnen angeblich fürchtet, hielten sich die Zigeuner in Drenica solche als Haustiere.[311]

Auch die Gräber der Toten wurden vor den umtriebigen Vampiren geschützt. Bei den Walachen war es Brauch, am Todestag der Verstorbenen mit Räucherwerk um die Ruhestätte zu schreiten, um den Vampir fernzuhalten.[312]

Pech gehabt

Es existiert jedoch auch die Meinung, was wiederum die Hilflosigkeit der Menschen aus Medvegia erklärt, dass gegen einen Vampirbesuch *nichts* schütze!

Außer: ihn vielleicht zu beruhigen und versöhnlich zu stimmen.

Wie genau soll das vor sich gehen?

Verblüffend einfach. Indem man ihn freundlich bewirte, seinen Hunger stille und er keine Menschen mehr anfalle.[313]

Also, immer schön was zu essen zu Hause haben, ein kleines Beutelchen Blut im Tiefkühler aufbewahren, vielleicht mehrere Sorten aus verschiedenen Jahrgängen. »Hallo, Herr Vampir. Wir empfehlen einen Null positiv aus dem Jahr 2008, garantiert ökologische Lebensweise und kaum Konservierungsstoffe.« Viel Glück!

---

[311] Vukanovic, S. 229.
[312] Hertz, S. 125.
[313] Krauß, S. 129; Vukanovic, S. 230

7. Aufspüren und Vernichtung des Vampirs

Es hilft ja alles nichts, der Vampir muss *weg!*

Die Einwohner von Medvegia hatten es mit der Entdeckung des Schuldigen nicht allzu schwer, da Paole öfter erwähnte, er sei von einem Vampir geplagt worden.

Als zwanzig bis dreißig Tage nach seinem Tod vier Menschen in schneller Folge starben, gruben sie ihn am vierzigsten Tag in logischer Konsequenz aus und untersuchten die Leiche, die voll und ganz den üblichen Vorstellungen des Vampirzustandes entsprach.

Die Vorgehensweise, die empfohlen wurde, folgte den üblichen Regeln: Pfählen durch das Herz und Verbrennen des Körpers, wobei die Asche der insgesamt fünf derart behandelten Leichen wieder zurück ins jeweilige Grab geworfen wurde. Bemerkt wird bei der Pfählung, dass die Vampire ein »Gächzer« von sich gaben und viel Blut aus der Wunde in der Brust trat – jeweils Indizien für das nicht erloschene Leben der Blutsauger. Eine Gegenwehr seitens der Vampire erfolgte nicht. Sie erwarteten die Exekution ohne Kampf. Schon ein bisschen enttäuschend.

Kaum war diese Gefahr abgewendet, kehrte die nächste in Form von Miliza zurück, die vom infizierten Schafffleisch gegessen hatte und als Ursache der zweiten Vampirwelle angesehen wurde.

Wiederum erinnerten sich die Einwohner an diese entscheidenden Hinweise, öffneten nachmittags zusammen mit Flückinger alle Gräber der in letzter Zeit verstorbenen Personen und untersuchten die Leichen auf verdächtige äußere Merkmale.

Die Jäger wurden fündig, die Leichen durch Zigeuner geköpft, die Köpfe zusammen mit den Körpern verbrannt, die

Asche landete diesmal im Fluss. Die Toten, die nicht in irgendeiner Weise auffällig erschienen, wurden zurück in ihre Gräber gelegt.

Leider gibt es keine Hinweise auf die Beschaffenheit der Holzpflöcke oder der zum Köpfen benutzten Werkzeuge. Vorsichtsmaßnahmen zum Schutz der Handelnden werden nicht erwähnt.

Wo isser denn?
Die Bewohner hatten Glück, dass sie den Ursprung so schnell fanden.

Ein Massensterben wie auch das schnelle Sterben von mehreren Menschen hintereinander ohne scheinbar ersichtlichen Grund, wie in Medvegia geschehen, sind nach der abergläubischen Vorstellung immer ein Indiz für Vampiraktivität.[314]

Zeichen, die auf Vampirunwesen hinweisen, können aber noch ganz anders aussehen. So gelten auch nächtliches Rumoren und umherfliegendes Kochgeschirr als Hinweise auf Vampire.[315] Poltergeister-Vampire?

Wer von den Lesern also in Mietwohnungen zu Hause ist: Wenn es nachts mal wieder beim Nachbarn besonders laut zugeht, muss das kein Streit sein, bei dem die Tassen gegen die Wand fliegen ... Wachsam bleiben!

In den meisten Fällen galt der erste Tote bei einem Massensterben als Auslöser. Er terrorisierte als Blutsauger die Umgebung und brachte andere Menschen um.

---

[314] Krauß, S. 130.
[315] Krauß, S. 133; Masters, S. 157.

Ist der Schuldige aber nicht gleich auszumachen (normalerweise wird der zuletzt Verstorbene ausgegraben und überprüft), werden verschiedene Methoden angewandt, um den Vampir auf dem Friedhof ausfindig zu machen.

Eine serbische Schulfibel um 1800: »Ist ein Grab eingesunken, hat das Kreuz eine schiefe Stellung eingenommen, und noch dergleichen Merkmale weisen darauf hin, dass sich der Tote in einen Vampir verwandelt habe«.[316]

Na, herzlichen Glückwunsch! Das ist doch mal ein Tipp, der einen paranoiden Menschen beim nächsten Friedhofsbesuch vor Panik schreien lassen wird.

Eine andere Möglichkeit bestand darin, auf dem Friedhof rings um verdächtige Gräber Asche auszustreuen, um dann in aller Frühe nach Fußspuren oder nach einem herrenlosen Totengewand zu suchen.[317]

In diesem Zusammenhang erwähnenswert: Salz um das eigene Bett gestreut, verriet nach russischer Ansicht morgens anhand der Fußspuren, die man verfolgen konnte, ob ein Vampir im Zimmer war oder nicht.[318]

Ein Lichtschein über dem Grab galt bei den Südslaven als Indiz für eine Vampirbehausung[319], wobei blauer Lichtschein als Zeichen der Seele Tradition hat[320]; die Kaschuben hielten nach aufgewühlter Erde Ausschau.[321]

In Mähren glaubte man, den Vampir beobachten zu können, wenn er sich aus dem Grab erhebt; zuerst wühle etwas,

---

[316] Krauß, S. 130.
[317] Krauß, S. 130.
[318] Afanas'ev, S. 162.
[319] Hertz, S. 123; Hock, S. 29.
[320] Mogk, Eugen: Gestalten des Seelenglaubens. Gespenster. In: Grundriss der germanischen Philologie, Straßbourg 1897, S. 266.
[321] Hertz, S. 124.

wie eine Henne auf dem Aschenhaufen, dann wächst es wie ein Schaf.[322] Um den saarländischen Fantasy-Autor Christoph Marzi zu zitieren: »Fragen Sie nicht.« Was ich damit sagen möchte? Ich kann mir bei *dem* Tipp ehrlicherweise kaum etwas vorstellen.

Dann lieber dieses Indiz: kleine Löcher, sogenannte »Kamine«, seitlich des Grabes, durch die der Vampir seine Heimstatt verließ.[323] Dass es sich dabei um die Ausgänge von Maus- oder Hamsterbehausungen oder Grabungsversuche von Aasfressern handeln könnte, darauf schien keiner gekommen zu sein.

In Bulgarien und Serbien wurden oft einfarbige Pferde und Fohlen, hauptsächlich Rappen oder Schimmel, eingesetzt, die über den Friedhof geführt wurden. Man nahm an, das Tier weigere sich, über ein Vampirgrab zu laufen.[324] Der gleiche Effekt soll auch bei einem Gänserich auftreten.[325]

Verstärkt wurde diese Art der Suche dadurch, indem man auf den Rücken des Pferdes eine Jungfrau, männlich oder weiblich, setzte.[326] Damals schien es noch genügend Jungfrauen gegeben zu haben, und damit meine ich nicht das Sternzeichen.

Können Sie helfen?
Der Spruch »Sie hätten jemanden fragen sollen, der sich damit auskennt«, hatte auch im Bereich der Vampirbekämpfung seine Richtigkeit.

---

[322] HWB d. dt. Abergl., S. 819.
[323] Vukanovic, S. 222; Wright, S. 15.
[324] Krauß, S. 130; Andree, S. 83; Afanas'ev, S. 172.
[325] Summers (1980), S. 311.
[326] Krauß, S. 130; Wright, S. 15.

In den besonderen Fällen, in denen der Vampir für normale Menschen unsichtbar war, suchte man nach »Spezialisten«. Dazu gehörten Dhampire, Magier und Hexenmeister, die einen Blutsauger erkannten und töten konnten.

Zu den »Spezialisten« zählten aber auch all diejenigen, die an besonderen Tagen geboren wurden und damit in der Lage waren, Vampire zu sehen.

Menschen, die an einem Samstag geboren wurden, sind in Serbo-Kroatien in der Lage, Vampire zu sehen und diese auch an einem Samstag zu töten.[327] Denn nach manchen Überlieferungen liegt der Vampir samstags regungslos in seinem Grab und kann sich nicht gegen seine Jäger wehren. Das war die Sache mit dem Samstag und der Mutter Gottes.

Hat man ein Grab ausfindig gemacht, wird die verdächtige Leiche auf ihr Äußeres hin untersucht und so weiter und so fort. Aber das hatten wir ja schon.

Jetzt geht's los!
Weiter geht es mit dem Basis-Kursus Vampirausrottung, erstes Fachsemester.

Da fällt mir gerade ein: Ob man das auch den mehreren Hundert offiziellen Exorzisten im Vatikan beibringt? Wenn sie schon im Kampf gegen den Satan ausbilden, warum dann nicht auch gegen den Vampir? Ich habe mich sofort schlaugemacht: In den entsprechenden Statements und Interviews dazu werden die Blutsauger leider nicht erwähnt. Die Rede ist immer nur von Satan. Vielleicht möchte sich ein Leser des Büchleins mit passender Konfession dort als Dozent bewer-

---

[327] Schneeweis, S. 9.

ben. Ich bin Protestant, somit würde mich der Papst wohl nicht als Schulungsexperten einstellen.

Wo war ich stehen geblieben? Die Vernichtung des Vampirs.

Die Hauptmethoden, einen Vampir unschädlich zu machen, sind das Pfählen, Köpfen und Verbrennen. Manchmal steht jede Vorgehensweise für sich, in anderen Fällen, wie in Medvegia, werden sie miteinander kombiniert.

Das Handwerkszeug Pflock/Pfahl muss gewissen Ansprüchen gerecht werden.

Gepfählt wurde hauptsächlich mit verschiedenen Holzsorten, je nach Region und (Aber-)Glaube. Genannt werden hauptsächlich Weißdorn und Espe[328], hinzu kommen Esche[329], Eiche[330], Ahorn[331], Walnuss[332] und Linde.[333] Die Bewohner der Krajina[334] und Dalmatiens[335] schwören auf Weißdorn als alleinig wirksames Pfählholz.

Gepfählt wurde in erster Linie das Herz, aber auch der Mund[336] und der Bauch[337] sind das Ziel der geschnitzten Spitze.

---

[328] Hertz, S. 124; Hock, S. 29; Máchal, S. 25; Afanas'ev, S. 171; Moszynski, S. 182.

[329] Hertz, S. 124; Alseikaite-Gimbutiene, Marija: Die Bestattung in Litauen in der vorgeschichtlichen Zeit. Tübingen 1946, S. 128.

[330] Afanas'ev, S. 176; Klapper, Joseph: Die schlesischen Geschichten von den schädigenden Toten. Mitteilungen der schlesischen Gesellschaft für Volkskunde 11 (1909), S. 75.

[331] Máchal, S. 25.

[332] Moszynski, S. 182.

[333] Moszynski, S. 182.

[334] Krauß, S. 133.

[335] Hock, S. 29.

[336] Löwenstimm, S. 99; HWB d. dt. Abergl., S. 815.

[337] Filipovic, Milenko: Die Leichenverbrennung bei den Südslaven. Wiener völkerkundliche Mitteilungen 10 (1962), S. 65.

ACHTUNG: Wichtig war vor allem, dass das Pfählen mit einem einzigen Schlag geschafft wurde!!!

Warum?

Jeder weitere Schlag brachte den Blutsauger zurück ins Leben.[338]

Erwähnt wird auch, dass man einen Vampir mit einem Messer, mit dem noch nie Brot geschnitten wurde[339], oder mit einer zweizinkigen eisernen Gabel[340] durchstechen darf.

Köche sitzen sozusagen an der Waffenquelle. Man stelle sich vor, wie der Maître de Cuisine in die Schlacht zieht, die Schürze gebunden und die Kochmütze verwegen in die Stirn geschoben.

Verwendet wurde außerdem in Dalmatien und Albanien ein geheiligter Dolch, gesegnet auf dem Altar durch einen Priester.[341]

Das wiederum macht mehr her als eine zweizinkige Eisenforke. Wäre ich ein Vampir, empfände ich es fast schon als Beleidigung, durch eine schnöde Gabel zu sterben. Köche stünden auf meiner Todesliste weit oben, ganz egal, wie viele Sterne sie haben.

Pass bloß auf...
Vorbereitung ist alles.

Während der Pfählung gilt es, verschiedene Vorsichtsmaßnahmen zu ergreifen, um die Flucht des Vampirs oder eine Ansteckung der Helfer zu vermeiden.

---

[338] Afanas'ev, S. 172; Wright, S. 112; Summers (1928), S. 204.
[339] Krauß, S. 134.
[340] MacKenzie, S. 95.
[341] Summers (1928), S. 204.

Während das Trinken des Blutes als Heilmittel gilt, schützen sich die Menschen in Rumelien, an der Morava und in Podrima vor dem austretenden, spritzenden Blut mithilfe einer aufgespannten Tierhaut.[342] Nicht direkt Beteiligte passen auf, ob aus dem Grab ein Schmetterling oder ein Falter entweicht. Er muss gefangen und verbrannt werden, weil man glaubte, der Vampir wolle sich auf diese Weise retten.[343]

Üblicherweise tritt Blut aus der Wunde und dem Mund des Vampirs beim Vorgang des Pfählens aus, und ein Ächzen ist zu hören. Das ist der Beleg für das vorhanden gewesene, nun aber ausgelöschte Leben.

Kuriosum am Rande: Nur in *einem* Fall habe ich den Hinweis gefunden, dass ein sehr alter Vampir einfach zu Staub zerfallen würde.[344]

Nicht immer bedeutete das Pfählen den automatischen Erfolg. In manchen schon angedeuteten Fällen aber zog der Vampir den Pfahl aus der Brust und wütete weiter.[345]

Gab es an den Pflock gewisse Ansprüche, war man beim Köpfen weniger wählerisch.

Geköpft wurde mit allem, was eine scharfe Schneide hatte, besonders aber mit einer Grabschaufel.[346] Belegt ist auch ein besonders verziertes, mit Zaubersprüchen versehenes Messer.[347]

---

[342] Krauß, S. 134; Vukanovic, S. 223.
[343] Krauß, S. 133.
[344] Summers (1928), S. 205.
[345] Hertz, S. 124; Veckenstadt, Edmund: Wendische Sagen, Märchen und abergläubische Geschichten. Graz 1880, S. 355.
[346] Perkowski, Vampires, S. 192.
[347] Vukanovic, S. 217.

Geschafft – und wohin damit?

Entsorgung von Sondermüll war damals wie heute eine heikle Frage.

Und Vampirreste sind *definitiv* Sondermüll.

Die sicherste, universelle Methode, die immer Abhilfe schafft, war das Verbrennen, wobei der Asche unterschiedliche Schicksale zugedacht wurden. Das reichte vom Zerstreuen in alle Winde bis zum In-den-Fluss-Werfen. Hauptsache, weg damit.

Oder: Es gab im Romanati-Distrikt mitunter die Möglichkeit, die Asche in Wasser aufzulösen, um diese Brühe wiederum kranken Menschen als Heilmittel einzuflößen.[348]

War der Vampir nach dem Verbrennen vollständig ausgelöscht, stellte sich das Verbrennen der Leiche selbst in einigen Fällen als schwieriger und langwieriger als erwartet dar. Aus einem sehr einfachen physikalischen Grund: Der menschliche Körper besteht zu rund sechzig Prozent aus Wasser. Es bedurfte etlichem an Brennholz, um den Blutsauger wirklich komplett zu Asche zu verbrennen.

Laut einer Quelle musste in einem Fall der Scharfrichter den Vampir erst in Stücke schneiden und dann häppchenweise verbrennen; ein andermal wurden einundzwanzig Raummeter Holz benötigt, woanders brauchte es einen ganzen Tag, bis die Leiche zu Asche wurde.[349] In einem Fall kamen zweihundertsiebzehn Brennscheite zum Einsatz[350], auch an

---

[348] Summers (1980), S. 310.
[349] Klapper, S., S. 75 ff.
[350] Lauterbach, Samuel Friedrich: Kleine Fraustädtische Pest-Chronica. Leipzig 1701, S. 27.

anderer Stelle wird über einen nur schwer zu verbrennenden Blutsauger geschrieben.[351]

Dem Herzen des Vampirs kam dabei in einigen Fällen eine Sonderbehandlung zu. Es wurde vor der Verbrennung des Körpers herausgeschnitten und in Öl oder Essig gekocht, bis es sich auflöste.[352] Nichts gegen ein feines Gulasch aus Hühnerherzen, aber das ...

Nicht immer hatten die Menschen derart viel Zeit zur Verfügung.

Gerade während Pestepidemien mussten die Toten schnell unter die Erde, weshalb das einfachere Köpfen und Pfählen in diesen Situationen bevorzugt wurde. Als mögliches Zeichen der symbolischen Verbrennung des Vampirs sind Feuersteine zu werten, die auf den Kopf der Leiche platziert wurden.[353]

So einfach ist es auch wieder nicht: Experten bei der Arbeit

Wer genau aufgepasst hat, hat bemerkt: Die Grenzen zwischen dem Vernichten und den zuvor beschriebenen Vorsichtsmaßnahmen sind mitunter fließend. Das bedeutet, dass nach dem eigentlichen Töten des Vampirs nachträglich einige der aufgeführten Sicherheitsvorkehrungen getroffen wurden, wenn er nicht vollständig verbrannt wurde.[354]

---

[351] Van Swieten, Gerhard: Vampyrismus. In: Mayer, Andreas Ulrich: Abhandlung des Daseyns der Gespenster. Augsburg 1768, S. 22.

[352] Summers (1928), S. 206.

[353] Barber, S. 80.

[354] vgl. Mannhardt (S. 262), Löwenstimm (S. 97), Tallar, Georg: Visum Repertum Anatomico-Chirurgicum oder gründlicher Bericht von den sogenannten Blutsäugern. Wien und Leipzig 1784, S. 54.

Eine besondere Methode, mit dem Blutsauger fertig zu werden, die sich so völlig von der »Standardvorgehensweise« unterscheidet, entwickelte sich unter anderem in einigen Gebieten Russlands. Dort war es Zauberern möglich, einen Vampir in eine Flasche zu bannen. Die etwas andere Art von Flaschengeist.

Wie der Vampir in eine Flasche passte?

Wenn er beispielsweise versuchte, in geänderter Gestalt durchs Schlüsselloch in ein Haus einzudringen und in dieser Form (was auch immer: Nebel, Insekt und Ähnliches) im Innern der verzauberten Flasche gefangen wurde. Eine andere Version sah vor, ihn mit einem Tropfen Blut hineinzulocken. Das eilig verkorkte Gefäß wurde an einen einsamen Ort gebracht, wo mehrere Wagen Feuerholz und Torf zu einem großen Scheiterhaufen getürmt wurden, auf dem man die Flasche platzierte. Feuer frei!

Wurde die Flasche heiß und zersprang lautstark in den Flammen, ging man davon aus, der Vampir sei verbrannt.[355]

Auch die Bulgaren kannten diese Vorgehensweise, wenngleich in leicht veränderter Form.[356]

Der Zauberer, ausgestattet mit einem Heiligenbild, lauerte dem Vampir auf und trieb ihn damit in die Enge.

Dem eingeschüchterten Blutsauger bot sich als letzter Ausweg nur noch die aufgestellte Flasche an, in die er schlüpfte. Umgehend wurde der Korken aufgesetzt und das Gefäß, in dem sich zusätzlich ein Stück der Ikone befand, ins Feuer geworfen.[357]

---

[355] Afanas'ev, S. 162.
[356] Wright, S. 107; Masters, S. 70.
[357] Masters, S. 70.

Es gibt auch die Ansicht, dass das Fangen in Flaschen nur möglich war, wenn es sich um einen vampirischen Geist, nicht aber um den klassischen Vampir handelte.[358]

Jetzt wird's noch mal eklig.
Bulgarische Hexen waren es, die Vampire vergiften konnten, da gegen manche Blutsauger nichts anderes als Magie wirkte.
Die Hexe suchte den Ausgang, aus dem das Wesen aus dem Grab entsteigen wollte, und blockierte ihn mit menschlichen Exkrementen, unter die sie zuvor giftige Kräuter gemischt hatte. Aß der Vampir von seiner angeblichen Lieblingsspeise, musste er sterben.[359]
Bestimmte Gruppen von Zigeunern, Albanern und Serben wiederum töteten einen Vampir, indem sie kochendes Wasser in die »Kamine« der Gräber schütteten.[360]
Nach eklig kommt zum Auflockern wieder lustig.
Das hier ist mein definitiver Liebling: Wiederum andere waren der Ansicht, dass es ausreichte, wenn man die linke Socke eines Vampirs nahm, sie mit Graberde füllte und sie anschließend außerhalb der Dorfgrenze brachte. Der Vampir würde sich auf die Suche nach seiner Socke begeben und nicht mehr zurückfinden.[361]
Süß, oder?!
Daraus könnte man eine Theorie ableiten: Millionen in Waschmaschinen verschwundener Socken sind also präventiv versteckt worden. Gegen die 65 000 toten Schlaganfallopfer.

---

[358] Summers (1980), S. 320.
[359] Masters, S. 69.
[360] Vukanovic, S. 222.
[361] Vukanovic, S. 223.

Die Menschheit wurde somit vor unzähligen Blutsaugern gerettet. Ein Hoch auf die mystischen Kräfte des Schleudergangs!

Zurück zu den Spezialisten.

Die oft erwähnten Dhampire waren aufgrund ihrer Fähigkeiten in der Lage, einen Vampir nicht nur zu pfählen oder ihn im Kampf zu besiegen, sondern ihn mit einem Gewehr zur Strecke zu bringen.

Voraussetzung dazu war absolute Stille, während der Spezialist sich in magische Trance versetzte und in diesem Zustand auf den Blutsauger Jagd machte.

Hatte er seinen Schuss abgefeuert und bestätigt, dass er den Vampir tödlich traf, wurde die Stelle, an der der Blutsauger – für die anderen immer noch unsichtbar – gefallen war, nach Blut als Beweis für den Treffer abgesucht. Das Blut sammelte man in einer Schüssel und schüttete es in ein fließendes Gewässer.[362]

Diese besondere Fähigkeit der Dhampire war erblich.

Die Vorgehensweise, wie man einen Vampir vernichtete, wurde innerhalb der Familie vom Vater an den Sohn durch Generationen weitergegeben.[363] Bis zum Ende der Siebzigerjahre des letzten Jahrhunderts waren solche Dhampire in Vrbrica (Podrima) und Bjelo Babe tätig.[364]

Ihre Arbeit ließen sich die Dhampire auf dem Balkan sehr gut bezahlen. Viel Geld (bis zu 1800 Dinare vor dem Ersten Weltkrieg, zwischen den Kriegen sank der Lohn auf

---

[362] Vukanovic, S. 227.
[363] Vukanovic, S. 224.
[364] Vukanovic, S. 226.

500 Dinare), freie Kost und Logis, Naturalien von Vieh bis Getreide und komplette Sätze Unterwäsche.

Verhandlungen über den Preis gab es nicht. Man zahlte, was der Spezialist verlangte, um das Dorf von der Bedrohung zu befreien.[365]

Ausgewiesene Spezialisten lebten auf der Insel Santorini, die sich ganz der Kunst des Vampirtötens verschrieben hatten.

Zu den Einwohnern dieser Insel wurden verdächtige Leichen und Vampire gebracht, um ihnen dort den Garaus machen zu lassen.[366] Modern: Outsourcing!

In manchen slawischen Ländern existierte die Vorstellung, dass ein Vampir in dem Moment, in dem er seine Ruhestätte verließ, mit einer Silberkugel, die von einem Priester gesegnet wurde, erschossen werden konnte.

Die Sache hatte auch einen Haken. Ließ man den so erlegten Untoten allerdings im Mondlicht liegen, erhob er sich mit verdoppelten Fähigkeiten und verdoppelter Boshaftigkeit.[367]

Stöbert man in den Büchern, gewinnt man irgendwann den Eindruck, dass die Domestizierung des Hundes auch andere Gründe als die allseits bekannten hatte.

Südslawen und Serben glaubten ebenso wie die Zigeuner in Kosovo-Metohija, dass ein Wolf einen Vampir töten könne. Schwarze Hunde und solche Exemplare, die »vier Augen« haben, was zwei auffällige Fellverfärbungen über den eigentlichen Augen bedeutet, seien ebenfalls dazu fähig.[368]

---

[365] Vukanovic, S. 228/229.
[366] Masters, S. 75.
[367] Summers (1928), S. 209.
[368] Vukanovic, S. 229.

8. Der Nachzehrer als »deutsche« Vampirvariante

Verstecken müssen wir uns im osteuropäischen Vampirvergleich nun wirklich nicht.

An dieser Stelle daher die deutsche Variante des balkanischen Vampirs, der viele bekannte Eigenschaften seiner »Artgenossen« besitzt und gleichzeitig eine eigene Charakteristik vorweisen kann.

Bindeglied zwischen Nachzehrer und Vampir bilden die Kaschuben, ein Volksstamm im damaligen Preußen, die Charakteristika beider Wesen vereinten.

Generell unterscheidet die Sekundärliteratur, dass die Südslawen (und die von ihnen beeinflussten Völker, wie Rumänen oder Neugriechen) den saugenden, die Nordslawen (und die unter ihnen wohnenden Deutschen) den Nachzehrer kennen.[369]

Unser deutscher Vertreter des Vampirs hat einige Namen bekommen. Im Hannoverschen Wendland hieß er »Düwelsüger« oder »Tweisüger«[370], vermerkt sind im Handwörterbuch des deutschen Aberglaubens außerdem für diese Spezies »Totenküsser« und »Dodelecker«[371]; für die angrenzende Altmark und die Gegend von Wittingen ist die Bezeichnung »Doppelsauger« belegt.[372]

Dann gibt es auch noch das allgemeinere »Blutsauger« für West- und Ostpreußen, »Nägedere« (Neuntöter) für Hinterpommern und ganz generell für deutsches Gebiet »Gier«,

---

[369] Hock, S. 24.
[370] Schwebe, S. 105.
[371] HWB. d. dt. Abergl., S. 814.
[372] Kuhn, A.: Märkische Sagen und Märchen nebst einem Anhange von Gebräuchen und Aberglauben. Berlin 1843, S. 382.

»Gierhals«, »Gierrach«, »Begierig« und »Unbegier«[373], die aber auch für den Vampir stehen können.[374] Schön ist auch der Ausdruck »Nachfresser«.[375]

Was hat denn das zu bedeuten?

Ausgedrückt wird durch seinen Namen die Bosheit der Kreatur, die Gier nach Leben oder nach weiterer Verbundenheit mit den Angehörigen.[376]

Als Nachzehrer kann man damit also solche Toten bezeichnen, die die Lebenden in irgendeiner Weise nachholen.[377] Beißen müssen sie nicht zwangsläufig.

Neuntöter sind speziell kleine Kinder, die mit Zähnen oder einer Doppelreihe Zähnen zur Welt kommen. Sterben sie, holen sie ihre nächsten neun Verwandten nach oder verursachen die Pest.[378]

Das Westpreußen-Jahrbuch kennt für den Raum Danzig zusätzlich »Nohier« und allgemein »Uhüe« (Ungeheuer).[379]

Wie sieht diese Vampirspezies aus?

Eine Beschreibung von 1730: »(…) Hat man nun sie ausgegraben, so hat man gefunden, dass die Leiche sich entweder die Finger, oder die Hände, oder einen Arm u. d. g. abgenagt, oder die umschlagene Leilache und Hembder halb oder gantz

---

[373] Schwebe, S. 105.
[374] HWB. d. dt. Abergl., S. 816.
[375] Harmening, S. 65.
[376] HWB. d. dt. Abergl., S. 812.
[377] HWB. d. dt. Abergl., S. 813.
[378] HWB. d. dt. Abergl., S. 814.
[379] Gerschke, Leo: Vom Vampirglauben im alten Westpreußen, Wetspreußen-Jahrbuch 12 (1962), S. 91.

verschlungen, oder noch blutig im Rachen stecken gehabt haben (…).«[380]

Ja, sehr lecker.

Es geht alles mit der Beerdigung los.

Der Nachzehrer begann damit, an seinem Totenhemd zu kauen, was laut hörbare Schmatzgeräusche erzeugte.

Hatte er das Laken verzehrt, fraß er sich das Fleisch von Händen und Körper. Es konnte auch sein, dass der Nachzehrer das Fleisch anderer Toter in seiner Nachbarschaft fraß.[381]

Jetzt kommt das richtig Gefährliche: Solange dieses Schmatzen und Grunzen anhielt, starben Freunde und Verwandte des Toten!

Das war aber nicht alles …

Hatte der Nachzehrer seine Linie ausgerottet, folgten die anderen Dorfbewohner. Kein Wunder, dass man sie fürchtete.

Die Kaschuben legten noch einen Scheit drauf und gingen in ihren Vorstellungen weiter.

Dort stieg der Nachzehrer auf den Kirchturm und läutete nachts die Glocken; jeder, der den Schall hörte, musste sterben.[382]

Ebenso konnte er auf den Kirchturm steigen und den Blick schweifen lassen. So weit sein Auge reichte, musste alles sterben, was so alt war wie er selbst![383]

Auch wenn es mal wieder lustig klingt, muss man sich vor Augen halten, welch eine Bedrohung für ein Dorf unter der Erde lauerte.

---

[380] Harmening, S. 65.
[381] Barber, S. 95.
[382] HWB. d. dt. Abergl., S. 815.
[383] Gerschke, S. 91.

Das Gemeine an der Spezies: Der Nachzehrer tötete in erster Linie ohne die konkrete Form der Heimsuchung, sondern durch seine rein sympathetische (nachziehende) Wirkung.[384]

Anhand der Vorsichtsmaßnahmen sieht man, dass die Menschen eine physische Rückkehr des Nachzehrers nicht völlig ausschlossen.

Die Gemeinsamkeiten von Vampir und Nachzehrer: Während Pestzeiten treten sie in Berichten verstärkt auf[385] und werden, wie schon oft erwähnt, nicht selten verantwortlich für den Ausbruch der Krankheit gemacht. Kein Wunder, könnte man sagen. Wenn was Verwesendes, Untotes durch die Gegend zieht, verbreiten sich Bakterien von selbst.

Hierzu nochmals ein O-Ton: »(...) weil man nun die Anmerckung haben will, dass auf solches Schmatzen entweder die Pest folge oder doch wenigstens die nächsten Anverwandten nachsterben müssen (...)«[386]

Wie bei den Vampiren gilt, dass man spätere Nachzehrer bei der Geburt erkennen kann. An der Glückshaube[387], einem roten Fleck am Körper[388], an angeborenen Zähnen.[389]

---

[384] Hock, S. 23; HWB. d. dt. Abergl., S. 812 und 814; Seyfarth, Charly: Aberglaube und Zauberei in der Volksmedizin Sachsens. Hildesheim/New York 1979, S. 22.

[385] Schwebe, S. 105; Gerschke, S. 93; vgl auch Rohr, Philippus: Dissertatio Historico-Philosophica de Masticatione Mortuorum. Leipzig 1979; Ranft, Michael: Tractat von dem Kauen und Schmatzen der Todten in Gräbern. Leipzig 1734; Böhm, Martin: Die drei großen Landtplagen. 23 Predigten erkleret durch Martinum Bohemum Laubanensem, Predigern daselbst. Wittenberg 1601; Neue Sammlung *merkwürdiger Geschichten von unterirdischen Schätzen* von C.E.F.. Breslau/Leipzig 1756.

[386] Harmening, S. 65.
[387] Sturm/Völker, S. 79.
[388] Sturm/Völker, S. 79.
[389] Sturm/Völker, S. 79.

Zum Nachzehrer wurde außerdem, wer als entwöhntes Kind zum zweiten Mal von der Mutterbrust gestillt wurde (daher Doppelsauger) oder wer im Groll starb[390] oder dessen Namensschild nicht aus dem Leichenhemd entfernt wurde.[391]

Von dem ersten Opfer einer Seuche glaubte man, es würde zum Nachzehrer.[392] Und nahm man dem Toten, wenn er die Hände verschränkt hatte, nicht den Daumen aus der anderen Hand, wurde er ebenfalls zum Nachzehrer.[393]

Wieso Schildchen und Daumen?

Na ja: Alles, was dem Nachzehrer in den Mund geriet, provozierte das Kauen. Und wenn er erst einmal damit angefangen hatte, begann sein Vernichtungswerk.

Das Leben eines zukünftigen Nachzehrers verlief ganz normal.

Sobald er gestorben war, verweste er nicht. Er blieb weich und wurde nicht starr, sah frisch und gesund aus, die Lippen waren rot, er polterte laut im Sarg und schrie.[394]

Schalten wir kurz in die Vergangenheit: »(...), dass man aus den Gräbern heraus die eingescharrten Todten hat hören schmatzen; wie die Schweine, wenn sie eßen; oder batschen, klopffen, und ein ander Geräusch machen (...)«[395]

1757 heißt es: »Wird der Todte eingescharret, und es poltert und thonet sehr, so holet der Verstorbene bald einen nach, und zwar aus der Freundschaft.«[396]

---

[390] Sturm/Völker, S. 79.
[391] Wright, S. 67; Seyfarth, S. 24.
[392] HWB. d. dt. Abergl., S. 814.
[393] HWB. d. dt. Abergl., S. 813.
[394] Schwebe, S. 107; Seyfarth, S. 23.
[395] Harmening, S. 65.
[396] Schütze, Heinrich Carl: Vernunft- und Schriftmäßige Abhandlungen von Aberglauben, nebst einem Anhang von Astral-Geist. Werningerode 1757, S. 466.

Ihm konnten im Grab Mund und Augen offen stehen.[397] Der Tote begann mit den gefährlichen Leckbewegungen manchmal bereits bei der Aufbahrung![398] Ein reichlich grusliger Gedanke, wenn der Tote sich mal rasch mit der Zunge über die Lippen leckt.

Zur Abwehr des Nachzehrers griffen die Menschen auf die bereits bekannten Fischernetze und Mohnkörner zurück[399], legten dem Toten einen Sechser [Anm. d. A.: alte Münze], oft versehen mit eingeritztem Kreuz, in den Mund, zwischen die Zähne und unter die Zunge (»Krüzpennich«).

Oder sie deponierten ein Brett, ein Gesangbuch, eine Stütze[400] oder ein Bogen Papier, ein Stück Rasen oder eine Zitrone[401] zwischen Kinn und Brust, um das Kauen am Totenkleid zu verhindern. Rasen, Steine oder Erde wurden auch zu diesem Zweck direkt auf den Mund gelegt.[402]

Es mochte auch sein, dass der arme Tote mit großem Hunger gestorben war.

Ergo: Essensbeigaben sollten dafür sorgen, dass er sich im Hungerfall daran anstatt am Leichentuch vergriff.[403] Peinlichst genau wurde darauf geachtet, dass der Tote unter keinen Umständen etwas vom Leichentuch, keine Bänder, Schleifen oder Blumen in den Mund bekommen konnte.[404]

---

[397] Seyfarth, S. 23/24.
[398] HWB. d. dt. Abergl., S. 814.
[399] Sturm/Völker, S. 79.
[400] Schwebe, S. 108.
[401] HWB. d. dt. Abergl., S. 815.
[402] Seyfarth, S. 24.
[403] Wright, S. 66/67; Masters, S. 124.
[404] Seyfarth, S. 25; HWB. d .dt. Abergl., S. 814.

Die Augen wurden zugedrückt, die Lieblingsgegenstände sowie die Gerätschaften zur letzten Pflege seines Körpers legte man in den Sarg.[405] Anscheinend ein echter Gentleman, der sich auch mal rasch frisch machen möchte. Klar, sauberes Fleisch schmeckt bestimmt besser als dreckiges.

Standard-Abtransport: Der Sarg, in dem der Tote mit den Füßen voraus lag, wurde unter der Schwelle hindurchgetragen, Knoblauch und Kruzifixe wurden im Haus verteilt.[406] Präventiv konnte dem Toten auch das Genick gebrochen werden.[407]

Hatten all diese Handlungen nichts bewirkt und es begann ein ungeklärtes Sterben innerhalb der Familie oder wurden die Anweisungen vergessen, so wurde das Grab des zuerst Gestorbenen geöffnet und der Tote überprüft. Hatte er etwas im Mund, wie Kleiderzipfel oder Bänder, so wurde es entfernt.[408]

Ein Risiko wollte man nicht eingehen.

War kein direkter Hinweis ersichtlich, wurde der mögliche Nachzehrer vorsichtshalber eliminiert.

Seine Vernichtung erfuhr er durch Enthauptung, nachdem man das Grab möglichst bei Mondschein zwischen dreiundzwanzig und vierundzwanzig Uhr geöffnet hatte.[409] Verbrennen und Pfählen sind ebenfalls belegt.[410]

---

[405] Brunner, Dr. Karl: Ostdeutsche Volkskunde. Leipzig 1925, S. 191.
[406] Sturm/Völker, S. 80.
[407] Wright, S. 67.
[408] Seyfarth, S. 27.
[409] Schwebe, S. 111.
[410] HWB. d. dt. Abergl., S. 816.

9. Und nun der Versuch einer Definition von »Vampir«

Tja, damit sind wir mit den volkstümlichen Ansichten zu Vampiren durch.

Das war eine Menge Stoff, gezogen aus einer Menge Literatur.

Manchem wird der Kopf sicherlich schwirren, und die Paranoiden haben bestimmt Knoblauch, Benzinkanister und Heckenschere griffbereit um sich herum verteilt.

Da es sich hier ja auch um ein Sachbuch handelt, kommt die geneigte Leserschaft um trockene Passagen nicht herum. Das muss so sein und hebt den wissenschaftlichen Stellenwert des Büchleins gleich um mehrere Stufen. Gelacht darf später wieder werden. Versprochen!

Eine einfache, klare Definition von Vampir ist problematisch.

Erst mal sehen, was andere Autoren zu ihm geschrieben haben – auch auf die Gefahr hin, dass es ein wenig steif wirken kann.

Grundsätzlich existieren die verallgemeinernden Begriffsbestimmungen, wie beispielsweise »Verstorbener, der nachts als lebender Leichnam aus dem Grab steigt, um Menschen das Blut auszusaugen«.[411]

Ein anderer Autor weist darauf hin, dass der Vampirglaube je nach Lebensverhältnissen der Völker, unter denen er verbreitet ist, verschiedene Formen zeigt. Er räumt aber bereits erwähnte übereinstimmende Hauptmerkmale ein: Der Vampir lebt im Grab, ist unverwest und rot vom Blut seiner Opfer,

---

[411] Lexikonstichwort »Vampir«, »Lexi-Rom« Meyers Lexikonverlag 1996.

wobei er diese entweder durch bloße sympathetische Einflüsse ins Grab zieht oder aber nachts die Menschen ihres Blutes und Lebens beraubt.[412]

Allgemeiner formuliert es ein anderer: »Tote, die irgendwie Grund haben, mit den Lebenden unzufrieden zu sein, rächen sich, indem sie Krankheit, Misswuchs und allerlei Unglück über sie bringen. (…) Eine eigenartige Gestaltung dieses Glaubens, die hauptsächlich auf slavischem Gebiet heimisch zu sein scheint, ist der Vampirglaube. Man meint nämlich, dass gewiße Tote, deren Leiche durch irgendeinen Zufall nicht verwese, den Lebenden nächtlich das Blut aussaugen und so ihren Tod herbeiführen.«[413]

Das Handwörterbuch des deutschen Aberglaubens trennt differenzierter: »Als Vampir möchte ich […] nur die Klasse von Wiedergängern bezeichnen, von denen ausdrücklich gesagt wird, dass sie Lebenden das Blut aussaugen. Somit trenne ich davon die lebenden Vampire, die oft schon im Volksglauben mit Hexen, Werwolf und ähnlichen Wesen vermischt werden, ferner Wiedergänger, die die Lebenden plagen, krank machen und direkt töten, solche, die zu den Frauen zurückkehren und mit ihnen Kinder zeugen, Wiedergänger, die Vieh melken oder töten oder die Menschen nur als Spuk schrecken.«[414]

Woanders heißt es: »Es sind dies Seelen Verstorbener, die aus irgendeinem Grunde keine Ruhe finden und nicht verwesen. Sie kehren in ihr Heim zurück und bringen ihren Familienangehörigen Krankheit und Tod. Die Ansichten da-

---

[412] Hock, S. 21.
[413] Hellwig, S. 23.
[414] HWB d. dt. Abergl., S. 816.

rüber, wie sie eigentlich Schaden stiften und Krankheiten verursachen, sind im Volksglauben ganz unbestimmt und unklar.«[415]

Die kürzeste Definition: »A being which derives sustenance from a victim, who is weakened by the experience. The sustenance may be physical or emotional in nature.«[416]

Die wichtige Einschränkung hierzu: »Vampire belief varies not only from country to country, but even from village to village. In addition, it sometimes happens that vampire beliefs are held only by a minority group within a given country«.[417]

Also, dann wage ich es nun einmal und möchte den »europäischen« Vampir folgendermaßen definieren:

Ein Vampir ist ein lebendiger, unverwester Toter, der aufgrund äußerer Umstände, Vererbung, Schicksal oder durch einen Vampir zum Vampir wurde, aus seinem Grab in unterschiedlicher Form in erster Linie nachts entweichen kann, um Mensch und Tier des Blutes zu berauben, was den Tod der Opfer zur Folge hat.

Das weitere Verhalten und die weiteren Fähigkeiten unterliegen regionalen Vorstellungen.

Töten kann man einen Vampir sicher durch das Verbren-

---

[415] Seyfarth, S. 22.

[416] »Ein Wesen, das einem Opfer Nahrung entzieht und es dadurch schwächt. Die Nahrung kann physischer oder seelischer Natur sein.« Perkowski, The Vampire, S. 136.

[417] »Der Vampirglaube unterscheidet sich nicht nur von Land zu Land, sondern selbst von Dorf zu Dorf. Zudem kann es vorkommen, dass in bestimmten Ländern nur eine Minderheit an Vampire glaubt.« Perkowski: A recent vampire death. In: Perkowski, Vampires, S. 156.

nen und Köpfen, Anwendung findet des Weiteren das Pfählen/Pflöcken (vorzugsweise des Herzens), wenn auch nicht immer mit sicherem Erfolg.

Noch mal durchlesen ... Passt, wie ich finde.

Kapitel III
Ein kleiner verwirrender Exkurs zum »Vampir«

Wer nun gedacht hat, es gebe unter den Vampiren Vielfalt, wird in diesem kleinen Exkurs in Tränen ausbrechen.
Nicht vor Freude. Verzweiflung ist angebracht.
Und wieder sagen die Verschwörungsfreunde: »Ha! Der Vampir streut die Informationen zur Verwirrung seiner Feinde mannigfaltig.«
Könnte man fast meinen.
Die Bulgaren kennen für den Blutsauger »vampir«, häufiger »vapir«, »vepir«, »vupir«.[418]
Die Serben nennen diese Gestalt »vampir«, »lampir«, »lapir«, »upir« und »upirina«.[419] Die Begriffe »upir« und »upirina« nutzte dabei mehr die Geistlichkeit.[420]
Weitere slawische Sprachen: Ukrainisch »upyr«, Weißrussisch »upir«, Tschechisch-Slowakisch »upir«, Polnisch »upior«[421], »upierzyc«[422] oder »wapierz«.[423]
Kaschuben und Slowenen titulieren ihn »vieszcy« (syno-

---
[418] Krauß, S. 124.
[419] Krauß, S. 124.
[420] Krauß, S. 124.
[421] Vasmer, Max: Russisches Etymologisches Wörterbuch. Heidelberg 1955–58, Bd. I, S. 168.
[422] Sturm/Völker, S. 63.
[423] Moszynski, S. 185.

nym auch für Hexen und Zauberer gebraucht), die Walachen »murony« und »priccolitsch«.[424]

Südrussen, Albaner, die Einwohner Böhmens und Montenegros sowie Teile Serbiens nennen das Wesen »wukodalak«, »vurkulaka« oder »vrykolaka«. Das ist ein aus dem Griechischen abgeleitetes Wort und bedeutet »wolfhaarig«.[425] Wie Werwölfe und Vampire zusammenhängen, dazu gleich mehr.

In Dalmatien findet man »vukodlak« und »vampir«[426]. Auf dalmatischen Inseln mit slawisierter italienischer Bevölkerung nennt man den Vampir auch »Orko« oder »Orcus«.[427] Der »Herr der Ringe« und die Fantasy lassen grüßen! Die Orks sind also Vampire?

Im südlichen Teil von Herzegowina und in Gebieten Montenegros sagen die Bewohner »tenac« oder »tenjac«. Dieser Begriff ist abgeleitet von »tenar«, was »Gruft« bedeutet und etymologisch vom griechischen »thénar« abstammt.[428]

Wiederum andere Forscher suchen des Rätsels Lösung im litauischen »wempti«, dt. »trinken«.[429]

Eine umschreibende Bezeichnung für den Vampir taucht auch auf: »mrtva nesreca«, was so viel bedeutet wie »das tote Unglück« oder »das tote Unheil«.[430] Leser der Ulldart-Saga sollten jetzt mehr wissen!

Es war zudem nicht geheuer, den Namen eines Vampirs

---

[424] Afanas'ev, S. 162 und 163.
[425] Wright, S. 4.
[426] Krauß, S. 125.
[427] Krauß, S. 125.
[428] Krauß, S. 125.
[429] Afanas'ev, S. 164.
[430] Krauß, S. 125.

auszusprechen. Und wenn es doch notwendig war, dann nur gefolgt von einem Fluch.[431] Einfach *the fucking vampire!* sagen, auch auf die Gefahr hin, dass in einem möglichen Interview ein lautes Piepsen an der Stelle des Schimpfwortes zu hören ist.

Na, wieder überrascht von den unendlichen Möglichkeiten?

Das nordtürkische »uber«, das dem serbischen »vampir« entspricht[432], kommt auch noch ins Spiel. Allerdings ist es ein umstrittenes Abstammungswort.

Die Antike muss ebenso bei der Erklärung herhalten.

Das »pi« wird auf ein griechisches Verb mit der Bedeutung »ich trinke« zurückgeführt und in Kombination mit dem Präfix »va« oder »av«[433] gesetzt.

Ich höre das Aufstöhnen der Leserschaft, die sich sagt: »Ein Dschungel, in den uns der Heitz schickt. Holt mich hier raus!«

Ich kann nichts dafür, dass es keine eindeutigen Aussagen dazu gibt! Ich bin nur der Sammler, der Bote der schlechten Nachricht.

Zum Trost sei gesagt, dass es der Forschung nicht viel besser ergeht. Sie tappen durchs Dunkel – oder den Rauch der vampirischen Nebelkerzen?

Ausgestattet mit einer Vielzahl von möglichen Ableitungen, wird immer noch quer durch die Sprachen eine mögliche Verbindung gesucht, wobei man auch Sanskrit und Latein mit einbezog[434] – ohne zufriedenstellende Ergebnisse.

---

[431] Krauß, S. 125.
[432] Sturm/Völker, S. 62.
[433] Masters (1928), S. 19.
[434] Masters (1928), S. 19.

Hat sich das letztendlich in Europa gebräuchliche, ungarische, wiederum aus dem Polnischen abgeleitete Wort »vampir«[435] in der internationalen Literatur spätestens 1732 durchgesetzt, ist sein Ursprung trotzdem nicht völlig geklärt.[436] Eine eindeutige etymologische Herkunft des Wortes gibt es nicht.[437] So sind sie, die Vampire ...

Immerhin, es gibt so etwas wie den kleinsten gemeinsamen Nenner. Ausgehend vom slawischen Raum, verbreitete sich das Wort, so die allgemeine Annahme, nach Westeuropa, wo es eine entsprechende Anpassung in den jeweiligen Ländern erfuhr, beispielsweise in Italien, Spanien und Portugal »vampiro« oder in Dänemark und Schweden »vampyr«.[438]

Kurz mal die Gedanken lockern, ein bisschen auf und ab gehen, was zu trinken suchen und eine Pause einlegen. Das Gelesene sacken lassen.

Ich habe niemals behauptet, dass das Sachliche immer leicht zu lesen ist. Doch es bildet.

Kommen wir zur nächsten spannenden Frage:

Wann genau hat denn der gemeine Westeuropäer oder Mensch an sich etwas von einem Vampir gehört – und zwar mit *genau diesem* Begriff?

Geht das Handwörterbuch des deutschen Aberglaubens von einer erstmaligen Nennung in der deutschen Literatur erst für 1732 aus[439], setze ich die beginnende Verbreitung mit

---

[435] Klaniczay, S. 87.
[436] Schneider, S. 14; Afanas'ev, S. 164.
[437] Sturm/Völker, S. 62.
[438] Oxford English Dictionary. Oxford 1961, Bd. XIII, S. 33.
[439] HWB d. dt. Abergl., S. 816.

Blick auf die Ereignisse in Kisolova im Grenzdistrikt Gradiska von 1725 sieben Jahre früher an.

Bei der Untersuchung des Falles Peter Plogojowitz durch Kameralprovisor Frombald gebrauchte der Beamte in seinem Bericht das Wort »vampiry«.[440]

Dieser Bericht des kaiserlichen Provisors im Gradiskaer Distrikt an die kaiserliche Administration zu Belgrad wurde um Wien durch die erwähnten fliegenden Blätter unter dem Titel »Entsetzliche Begebenheit, welche sich in dem Dorffe Kisolava, ohnweit Belgrad in Ober-Ungarn, vor einigen Tagen zugetragen« bekannt.[441]

Ich bin mir sicher, dass seit diesem Zeitpunkt eine frühe, wenn auch nicht allgemeine Verbreitung des Wortes stattgefunden hat. Apropos Verbreitung: Im Lauf der Diskussion über die Vampir-Ereignisse wird sich das Wort »vampiry« in modernes Latein zu »vampyrus« wandeln.

Die Behauptung, das Wort erscheine 1725 zum ersten Mal in der deutschen Sprache, steht nur in einem scheinbaren Widerspruch zu den aufgeführten Fällen aus der Zeit vor 1725, bei denen mehrfach von Vampiren die Rede ist.

Warum?

Zwar ist oftmals von blutsaugenden Wesen berichtet worden, für die Begriffe wie »upior« verwendet wurden. Aber erst im Laufe des 18. Jahrhunderts und im Rahmen der Diskussion über das Phänomen haben sie ihren Namen »Vampir« erfahren. Sie wurden durch die Autoren schlicht umbenannt, auch

---

[440] Hamberger, Klaus: mortuus non mordet. Kommentierte Dokumentation zum Vampirismus 1689–1791. Wien 1992, S. 44.

[441] Hock, S. 37.

wenn es sich dabei schon vorher um das Phänomen des Vampirismus handelte.

Und von den »upiors« beziehungsweise »upierzyca« hörte das deutsche Gelehrtenpublikum bekanntermaßen bereits früher: 1721 erschien Rzazynskis »Historia natur. Curios. Regni Poloniae«, der Fälle von Blutsaugern mit eben anderer Terminologie anführte.

Die Herkunft des Glaubens an Vampire ist ebenso diffus wie die Etymologie des Wortes. In der volkskundlichen Forschung besteht weitgehende Übereinstimmung, dass die Ausprägung des Vampirglaubens, wie sie in Europa bekannt wurde, im südosteuropäischen Raum entstand.

Meinungsunterschiede existieren nur bezüglich der genauen Lokalisierung. Die einen sehen eine Verbreitung des Vampirglaubens von Bulgarien und Serbien aus[442], die anderen dagegen sagen, er gehe von den Türken aus.[443]

Sicher ist, dass der Glaube auf slawische und griechische Ursprünge zurückgeht. Die europäische Öffentlichkeit bringt ihn später aber in erster Linie mit Bulgarien und Serbien in Verbindung. Denn dort ereigneten sich die spektakulärsten Fälle.

Bevor überhaupt von »Vampyres« die Rede sein wird, tauchten die Vorläufer des Begriffs sehr früh auf. Das lässt wiederum auf eine vorhandene Tradition des Vampirglaubens schließen.

Im Nordwesten von Großrussland erschien der Terminus »upir« im Jahr 1047, in der Umgebung von Nowgorod.

---

[442] Krauß, S. 124.
[443] Jellinek, A.: Zur Vampyrsage. Zeitschrift für Volkskunde 14 (1904), S. 325.

Es war der Name eines ansässigen Fürsten, der »upir lichyi« hieß; fast 500 Jahre später ist ein Nowgoroder Bürger mit dem Namen »makarenko upir« in den Aufzeichnungen eingetragen.[444]

In Westrussland erscheinen Orte, die »Upiry« und »Upirow« heißen – woraus ein Forscher schließt: »Surely there existed in Russia a vampire cult (sacrifices were made to them), explicit enough in ancient written testimonies«[445].

Mich hätten diese »Zeugnisse« brennend interessiert, aber leider hat der Forscher keine weiteren Angaben dazu gemacht. Und auch der Hinweis, dass Vampiren Opfer gebracht wurden, lässt den Autor wieder hellhörig werden. Da pirschen sich Armeen von Ideen an!

Ein anderer Forscher schreibt dazu: »Sie [die Vampirsage, Anm. d. A.] ist nicht nur bei einer Völkerschaft heimisch, sondern bei allen Südslaven, daneben auch bei den Tschechen, Polen, Russen und Griechen (...) Demnach dürfte der Schluss nicht ungerechtfertigt sein, daß die Vampirsage in Südosteuropa und besonders bei den Südslaven ursprünglich ist. Es ist somit nicht nur möglich, sondern im höchsten Grade wahrscheinlich, dass die Vampirsage in Südosteuropa schon jahrhundertelang vor ihrer Aufzeichnung und ausdrücklichen Erwähnung bestanden hat.«[446]

Aha, Sagen.
Wo liegen die Wurzeln für den Glauben an die Blutsauger?
Wo steckt der wahre Kern der Geschichten?

---

[444] Moszynski, S. 185.
[445] »Zweifelsohne existierte in Russland ein Vampirkult (man brachte ihnen Opfer), der in alten Schriftzeugnissen eindeutig belegt ist.« Moszynski, S. 185.
[446] Havekost, S. 47.

Wie immer, wenn es um die Vampire geht: Nichts ist sicher!

Die Forschermeinungen gehen glücklicherweise nicht in dem Maße auseinander wie bei der sprachlichen Zuordnung von »vampir«.

Einigkeit herrscht darüber, dass die ursprünglichsten Vorfahren der 1732 verstärkt auftretenden Blutsauger bis in die Antike und noch weiter zurückgehen. Zur Erinnerung: Strigen, Lamien und andere Scheusale.

Eine Meinung dazu: »The origins of a belief in vampirism (...) may propably be said to go back to the earliest times when primitive man observed the mysterious relations between soul and body.«[447]

Eine andere Ansicht: »Blood is the key factor in the origins of vampire myths. Some believed that the soul lived within the blood; others, more simply, that it was the source of life.«

Und: »If it is natural to die through loss of blood it is logical to think one could live again through drinking blood.«[448]

Blut als Schlüsselfaktor.

Schlüsselfaktor sicherlich. Aber um einen Vampirmythos zu formen, braucht es etwas mehr. Ganz so einfach ist es nicht.

---

[447] »Die Wurzeln des Vampirglaubens (...) gehen wahrscheinlich zurück bis in jene frühesten Zeiten, da der primitive Mensch erstmals die geheimnisvollen Beziehungen zwischen Seele und Körper beobachtete.« Summers (1928), S. 8.

[448] »Blut ist der Schlüsselfaktor in der Entstehungsgeschichte der Vampirmythen. Manche glaubten, im Blut wohne die Seele; andere hielten es, einfacher gedacht, für den Quell des Lebens.« Und: »Wenn die Natur es so eingerichtet hat, dass man durch Blutverlust stirbt, so ist es nur logisch zu glauben, dass man durch das Trinken von Blut wieder ins Leben zurückkehren könnte.« Masters, S. 4.

Die moderne Forschung nimmt weitergehende Untersuchungen vor, die sich direkt auf den Vampir beziehen.

Manche sehen gleich mehrere Faktoren als maßgeblich an, die in der Entstehungsgeschichte des Vampirs eine Rolle spielten: Kannibalismus, Opfer (im Sinne von Blutopfer), die Pest, Katalepsie, Scheintote, Leichenräuber, Lykantropie, das Buch »malleus maleficarum«, Vampirfledermäuse, psychische Vampire (!) und Grabschändung.[449]

Klar ersichtlich wurde schon anhand der Aufzählung, dass sich abergläubische Vorstellungen in der Figur des Vampirs mischen. Eine Best-Of-Kreatur des Bösen.

Im Blutsauger vereinen sich gleich fünf verschiedene Kategorien von magischen Glaubensvorstellungen: Wiedergänger; Werwölfe; alb-ähnliche, nächtens heimsuchende Geister; Wesen von der Art der blutsaugenden Stryx des Altertums; Hexen aus slawischen und balkanischen Gebieten, die nach ihrem Tod auch noch Schaden anrichten können.[450]

Alles wandert in einen Topf, wird kräftig geschüttelt, und voilà: heraus kommt eine neue Schreckensfigur. Im Mittelalter und der frühen Neuzeit beschäftigte man sich bereits mit Ungeheuern, die einzelne Verhaltensmuster und -züge des Vampirs an den Tag legten.

Eine sehr dichte Beziehung gibt es zwischen Vampir und Werwolf. Tatsächlich wird die Verwandtschaft zwischen Werwolf und Vampir vor allem in der Bezeichnung »wukodalak« mit all ihren Unterarten deutlich.

Bedeutet das Wort »wolfhaarig«, wird es in griechischen und slawischen Sprachen sowohl für den Werwolf als auch

---

[449] Masters, S. 5–39.
[450] Klaniczay, S. 85.

den Vampir gebraucht[451]: Serbisch »vukodlak«, Polnisch »wiklolak«, Böhmisch »wlokadlak«, Bulgarisch und Slowakisch »vrkolak«, Weißrussisch »wawkalak«, Dalmatisch »vakudlak«.[452]

Zu bedenken gilt es auch das erwähnte Schicksal eines Werwolfs nach seinem Tod – er verwandelt sich nach seinem Ableben zum Vampir!

Das nenne ich doch mal vom Regen in die Traufe. Da hat man eine Schicht als Bösewicht hinter sich gebracht, und schon steckt man in der nächsten.

Eine sehr alte Ansicht dazu: »Der Vampyrismus, der im 17. und Anfang des 18. Jahrhunderts in verjüngter Gestalt auftritt, ist in gewissem Sinne die Fortsetzung der Lykanthropie.«[453]

Das änderte sich in: »Ihre ursprüngliche Verschiedenheit liegt nun darin, dass der Werwolf ein in verwandelter Gestalt umhergehender lebender Mensch, der Vampyr eine umgehende Leiche ist. Doch auch diese wesentlichen Vorstellungen haben sich vermischt.«[454]

Und weiter: »(...) gespenstigen Werwölfen, und diese sind im Grunde nichts anderes als Vampyre in Wolfsgestalt, denn auch der Vampyr kann jede beliebige Gestalt annehmen.«[455] Aha.

Nun ja, so kann man sich Dinge auch einfach machen.

Andere Autoren betonen, dass »diese beiden Sagen doch

---

[451] Schneider, S. 9.
[452] Havekost, S. 39.
[453] Leubuscher, Dr. Rud.: Ueber die Wehrwölfe und Thierverwandlungen im Mittelalter. Ein Beitrag zur Geschichte der Psychologie. Berlin 1850, S. 29.
[454] Hertz, S. 129.
[455] Hertz, S. 129.

sehr verschieden sind und dass auf keinen Fall etwa der Vampir auf den Werwolf zurückgeführt werden kann«.[456]

Die Verwandtschaft des Vampirs ist aber noch größer.

Wie immer gilt: Freunde kann man sich aussuchen, Verwandte nicht.

Dazu gehören weiterhin die Kreaturen aus Albsagen, wie Trude, Alb, Mahre, Inkubus.[457] Sie alle erscheinen nachts den Menschen im Schlaf, quälen sie und saugen mitunter das Blut der Opfer.

Die Verwandtschaft zu den Hexen und Hexern wird einmal mehr über die Bezeichnung des Vampirs in manchen Gegenden klar.

Kaschuben und Slowenen titulieren ihn »vieszcy«, synonym auch für Hexen und Zauberer verwendet. Auch was die Zauberfähigkeiten der Vampire angeht, zeigen sich Übereinstimmungen, beispielsweise Dürre, Sturm oder Vernichtung der Ernte.

Die Vorstellung des »Wiedergängers«, also das Element des zurückkehrenden Toten im Phänomen Vampir, ist lange bekannt, in der Sagenwelt etabliert und fest in den abergläubischen Vorstellungen der Menschen verankert.

Eine Verwandte möchte in den »stryx« oder den Strigen der Antike gesehen werden. Zur Erinnerung: Sie sind dämonische Nachtvögel oder räuberische Menschen in Vogelgestalt, ausgestattet mit dickem Kopf, starren Augen, einem Krummschnabel, grauem Gefieder und langen Krallen. Sie fliegen nachts umher, rauben Kinder aus der Wiege, zerfleischen sie und saugen ihr Blut aus.[458]

---

[456] Havekost, S. 41.
[457] Havekost, S. 39 und 41; Sturm/Völker, S. 64.
[458] Sturm/Völker, S. 64.

Was wäre das Böse ohne seine Definition?

Und wer definiert das Böse, jedenfalls im christlichen Kulturbereich?

Exakt: die Kirche.

Der Einfluss der christlichen beziehungsweise orthodoxen Kirche, wie von zahlreichen Forschern betont wird, ist bei der Entstehung und Verbreitung des Vampirglaubens nicht zu verleugnen. Auch wenn es sich dabei nicht direkt um eine Wurzel des Vampirglaubens handelt, kommt ihr eine besondere Aufgabe zu, was die Ausbreitung des Aberglaubens anbelangt.

»If the Church had ignored superstition instead of officially condemning it as the work of the devil, then the waves of vampire belief would not have been so widespread and so intense.«[459]

Aber nicht nur hier ist die Mitschuld zu suchen.

Erinnert man sich an die Ursachen, weshalb ein Mensch zum Vampir werden konnte, so sind beispielsweise von Bedeutung: die Exkommunikation, Nichtbestattung Ungetaufter, Verdammung aller, die nicht nach den Geboten der Kirche gelebt hatten, und ein ganzes Arsenal anderer Gründe, die letztlich auf kirchlichen Einfluss zurückgehen. Insofern ist der Vorwurf berechtigt: »On this basis it could well be argued that the Church spread the vampire-infection by proliferate excommunications – and created an even more logical fear of the incorrupted dead.«[460]

---

[459] »Hätte die Kirche den Aberglauben nicht weiter beachtet, anstatt ihn von höchster Stelle als Teufelswerk zu verdammen, dann wären die Wellen des Vampirglaubens nicht so weit verbreitet und so heftig gewesen.« Masters, S. 3.

[460] »Demzufolge könnte man durchaus die Ansicht vertreten, dass die Kirche die Vampir-Seuche durch vermehrte Exkommunikationen verbreitete – und eine noch logischere Furcht vor den unverwesten Toten auslöste.« Masters, S. 187.

Ist das nicht lustig?

Ich meine, ausgerechnet die Organisation und der Glaube, der das Böse verdammt, sorgen dafür, dass die Quelle nicht austrocknet! Als wollten sich Schnapshersteller über zu viele Besoffene beschweren.

Kapitel IV
Blutiges Rauschen im Blätterwald

Bei so vielen Berichten verschiedener Zeugen blieben die Blutsauger nun nicht mehr verborgen. Und schon gar nicht mehr unbeachtet!

Da wollten einige Experten und Pseudo-Experten etwas dazu sagen und schreiben. Eine sehr lebhafte Diskussion entbrannte 1732. Es gab enorm viele Veröffentlichungen zum Thema Vampire, an denen sich auch aufzeigen lässt, wie sich die Nachricht von den Blutsaugern in Westeuropa verbreitete.

Und an die Paranoiker erfolgt der Appell: Entdecken wir dieses Mal neue Ansätze für vampirale Vertuschungsversuche?

Blättern wir die Journale und Zeitschriften durch…

1. Akten und Zeitschriften

Wie schon erwähnt wurde, erreichte die erste nachgewiesene amtliche Nachricht über den Vampirglauben, verfasst vom Kameralprovisor Frombald, 1725 Wien. Berichtet wurde von Kisolova.

Der Hofkriegsrat unter dem Vorsitz von Prinz Eugen von Savoyen, die oberste Behörde und zuständig für Serbien, setzte sich zwar mit dem Ereignis auseinander, denn im Protokollausgangsbuch ist ein Vermerk für den 25. Juli desselben

Jahres über Kisolova zu finden. Allerdings fand sich nicht der von Frombald verwendete Ausdruck »vampiri«.[461]

Prinz Carl Alexander von Württemberg, Belgrader Generalkommandant, sollte die Sache näher untersuchen.

Im August folgte von dort sein Bericht.

Die Rede ist darin per Randnotiz nur von »zu Gißolova außin grab außgegrabener Cörper. Plogojovich«. Auch hier fehlt der Terminus »vampir«. Man vermutet, dass der neue Begriff *Vampir* dem Verfasser des Protokolls zu wenig vertraut war, um ihn zu verwenden.[462]

Der Fall wurde zu den Akten gelegt, während die Wiener Bevölkerung und das Umland via Flugblatt von der »Entsetzlichen Begebenheit« und den Vampiren erfuhren.

1730 kam es zu einem weiteren Vampirfall, der aber keinen Eingang in die offiziellen Akten in Wien erhielt. Die Menschen erfuhren dennoch davon. Zur Erinnerung: Es ging um Pandor und seine Familie, die vom Fleisch eines Schafes gegessen hatte, das von einem Vampir durch Blutsaugen getötet wurde.

Die gelehrte Welt nahm kaum Notiz von den in Serbien aufgetauchten blutrünstigen Gestalten.

Hatten Vampire ihre Fänge im Spiel, um die Spuren, die sie zu deutlich hinterlassen hatten, zu verwässern?

Wenn es so gewesen wäre, dann hielt der Erfolg nicht lange: Durch den Vorfall in Medvegia 1731/32 ging es nun erst richtig los!

Um es nochmals kurz zusammenzufassen:

Die Bewohner des Dorfes, Heyducken der Milizkompanie

---

[461] Schröder, S. 43.
[462] Schröder, S. 44.

von Stalata, beschwerten sich in ähnlicher Form wie 1725 die Menschen in Kisolova, woraufhin Obristleutnant Schnezzer den in Parakin stationierten Contagions-Medicus Glaser zur Untersuchung der angenommenen Seuche entsandte.

Fazit: Vampiralarm!

Der schriftliche Bericht wurde nach dem 12. Dezember 1731 an die Jagodiner Kommandantur, der Sitz Schnezzers, gesandt.[463]

Der Kommandant leitete Glasers Bericht an das Oberkommando weiter, von wo Marquis Botta d'Adorno eine neuerliche Visitation anordnete. Sechzehn Leichen wurden ausgegraben, etliche im »Vampirenstande« gefunden, die Geschichte des Ur-Überträgers Paole entdeckt. Flückingers Abschlussbericht erging mit dem Datum *26. Jänner* als »Visum et Repertum« ans Oberkommando.[464]

D'Adorno übernahm die finanzielle Aufwandsentschädigung der Mediziner und leitete die Protokolle Glasers und Flückingers als Leistungsbeleg mit der Bitte um Rückerstattung an den Wiener Hofkriegsrat weiter, wo sie am 11. Februar 1732 behandelt wurde.

Im Behördengang kam die Angelegenheit im November 1732 zum Erliegen.

Wie es aussieht, hatten die Vampire die Behörden voll im Griff.

Kein Nachhaken, kein Aufschrei. Nichts.

Folgen wir den anderen Wegen der Nachrichten.

Wie das so mit interessanten Sachen ist und den Leuten, die sich damit wichtigmachen wollen: Glaser fertigte eine Ab-

---

[463] Hamberger, S. 46.
[464] Hamberger, S. 49.

schrift seines Berichtes an, die er auf eigene Faust dem »Collegium Sanitatis« (der Abteilung zur Seuchenbekämpfung) in Wien zuschickte.

Nach einem Monat unterrichtete er außerdem seinen Vater. Dieser wiederum war Wiener Korrespondent der wissenschaftlich-medizinischen Wochenzeitschrift »Commercium litterarium« und setzte die Nürnberger Redaktion am 13. Februar 1732 über Medvegia in Kenntnis. Sie druckten den Brief ihres Korrespondenten am 12. März ab.[465]

Dadurch sollte sich einesteils die Diskussion entfachen.

Die Dispute erhielten zudem von einer weiteren Seite Nahrung: Fähnrich Alexander Freiherr von Kottwitz, Angehöriger des Württembergischen Regiments, hatte von den Blutsaugern gehört. Und sich ordentlich gewundert.

Weil er sich so gar keinen Reim auf die Ereignisse machen konnte, fragte er unabhängig bei dem Leipziger Professor Ettmüller, Direktor der Universität Altdorfina, am 26. Januar über die Vampire nach:

»Weil man nun hier ein ungemeines Wunder daraus machet, als unterstehe ich mich, Dero Particular-Meinung mir gehorsamst auszubitten, ob solches etwas sympathetisches, teufflisches oder astralischer Geister Würkung sey, der ich mit vieler Hochachtung verharre.«[466]

Ohne es zu ahnen, hatte der Fähnrich damit eine Frage gestellt, über die in den kommenden Monaten und Jahren ausgiebig gestritten, theoretisiert und vermutet werden sollte: Welche Kräfte stecken hinter den Vampiren? Sind es zehrende, ziehende Geister, teuflische Geister oder feinstoffliche Geister?

---

[465] Hamberger, S. 54; Schröder, S 49.
[466] Hamberger, S. 56.

Ettmüller wiederum war sofort Feuer und Flamme. Er leitete die Frage an Gelehrte von sächsischen und thüringischen Universitäten weiter.

Reporter sind neugierige Wesen. Ich weiß, wovon ich rede. Wenn sie erst mal was gefunden haben, was sie reizt, setzen sie nach.

Und genau das tat die Redaktion des »Commercium«.

Sie suchte nach weiteren Informationen aus dem serbischen Grenzgebiet und stieß dabei auf einen Informanten aus Regensburg, der eine Begebenheit aus Possega, Slawonien, erzählte, die sich bereits 1730 ereignet haben sollte. Die Untersuchung durch eine angebliche Kommission habe zudem einen Präzedenzfall von 1721, also noch vor Kisolova, zutage gefördert, behauptet das »Commercium«.[467]

Abt Calmet zählt in seinem später entstanden Buch weitere Vampirfälle auf. Einer von 1740, ein anderer von 1730.

Allerdings: Zugriff auf frühere Dokumente aus den ungarischen Archiven, in denen Fälle noch vor 1725 aufgezeichnet worden waren, hatten weder Calmet noch Leipziger oder Nürnberger Gelehrte.

Mh ... Taktik?

Aber man erinnerte sich an den Vorfall in Lublov, der sich zwar bereits 1718 ereignete, doch erst später im Rahmen der Vampirdiskussion publiziert wurde.[468]

Reporter und Wissenschaftler sind sich in einem Bereich sehr ähnlich: der Neugier.

Beide suchten nach vergleichbaren Phänomenen und über-

---

[467] Hamberger, S. 57.
[468] Hamberger, S. 61/62.

prüften den Balkan auf Vorfälle, Schreckgestalten und Ereignisse in der Vergangenheit. Fündig wurde man dann sehr schnell bei Tourneforts Bericht über Mykonos von 1718. Des Weiteren kramte man den polnischen »upir«, griechischen »vrykolokas«, serbischen »strigon« und walachischen beziehungsweise siebenbürgischen »moroi« aus. Archivwälder von Bulgarien bis Griechenland wurden durchforstet, um den Vampiren auf die Spur zu kommen.

In Deutschland erinnerte man sich in dem Zusammenhang an die Tradition der schmatzenden Toten, »masticatio mortuorum«, mit denen sich Luther bereits beschäftigte:

»Es schrieb ein Pfarrherr M. Georgen Rörer gen Wittenberg, wie ein Weib auf einem Dorf gestorben wäre, und nun, weil sie begraben, fresse sie sich selbst im Grabe, darum wären schier alle Menschen im selben Dorf gestorben.«[469]

Bücher wurden ans Licht geholt, die vorher höchstens am Rande beachtet worden waren.

Rohrs »Dissertatio de Masticatione Mortuorum«[470] (1679) wurde ebenso interessant wie Freiherr von Schertz' »magia posthuma«[471] (1706), Rzaczynskis »Naturgeschichte des Königreichs Polen«[472] (1721) oder Ottos »Unterredungen von dem Reiche der Geister«[473] (1730).

---

[469] Luther, Martin: Tischrede Nr. 6823; in: Werke, Bd. 6, S. 215, Weimar 1921, zitiert nach Sturm/Völker, S. 9.

[470] Rohr, Philipp: Dissertatio Historico-Philisophico de Masticatione Mortuorum. Leipzig 1679.

[471] Schertz, Karl Ferdinand, Freiherr von: Magia Posthuma. Olmütz 1706.

[472] Rzaczynski, Gabriel: Historia Naturlais Curiosa Regni Poloniae. Tractat XIV. Sandomir 1721.

[473] Stein, Graf Otto vom Graben zum: Unterredungen von dem Reiche der Geister. Leipzig 1730.

Herangezogen wurden im Verlauf der Nachforschungen nach Möglichkeit nicht nur militärische Dokumente, sondern auch Kirchenschriften.

Ich erinnere an die Anfragen von Geistlichen an die Sorbonne 1693, wie man sich zu den Vampiren zu verhalten habe.

Aufschlussreich ist die Sterbematrix von Bärn (Beraun), die in den Jahren 1662 bis 1738 kontinuierliche Heimsuchungen durch Untote und »vampertione infecta« festhält.[474] Das ist doch ein schöner Begriff: vampertione infecta! Vampirinfektion?

Unter Kardinal Wolfgang Hannibal Graf von Schrattenbach nahm die Vampirdiskussion im Bistum Olmütz ab 1711 beträchtliche Dimensionen an. Die Thematik verbreitete sich bis nach Neapel, wo Schrattenbach als Vizekönig eingesetzt war.[475] In den Jahren von 1720 bis 1740 kam es im Bistum zu einigen Vampirexekutionen, nachweislich 1723, 1724 und am 23. April 1731.[476]

Zurück zum Weg der Nachrichten.

Kaum erschien Flückingers Bericht im »Commercium«, meldete der Prager Korrespondent Geelhausen am 4. April 1732 die Geschichte der »aufhockenden Toten von Hotzeplotz«.[477] Geelhausen war es auch, der Kopien an die Universitäten von Jena, Leipzig und Halle schickte.[478]

Abschriften der Berichte von Flückinger und Glaser ließ

---

[474] Hamberger, S. 78.
[475] Hamberger, S. 82.
[476] Schröder, S. 46.
[477] Hamberger, S. 76.
[478] Schröder, S. 68.

sich der französische Botschafter de Bussy in französischer Übersetzung am 13. Februar 1732 nach Paris schicken.[479]

Prinz Alexander von Württemberg, der immer noch das Oberkommando im Vampirgebiet hatte, reiste im Frühjahr 1732 zusammen mit dem Großherzog Franz Stephan von Lothringen an mehrere deutsche Höfe, womit er ohne größere Umstände Abschriften der Vampirakten an die Fürsten weitergeben konnte.

Und siehe: Die Hoheiten und Hochwohlgeborenen erwärmten sich ebenso für die Untoten!

Während des Aufenthalts in Berlin ließ König Friedrich-Wilhelm I. den Mitgliedern seiner »Königlich Preußischen Societät derer Wissenschaften« eine Abschrift Flückingers zukommen und verlangte ein Gutachten über das »Protocoll«.[480]

Von anderen Höfen gingen ähnliche Impulse aus, die wiederum Autoren anregten, über den Vampirglauben zu schreiben. An deutschen Akademien und Universitäten entstanden nun zahlreiche Schriften, die in einigen wenigen Verlagszentren oder von spezialisierten Buchhändlern herausgebracht wurden.[481]

Damit kein falscher Eindruck entsteht: Noch war der Vampir in erster Linie Gelehrtensache gewesen.

Das Volk kam erst jetzt ins Spiel.

Waren die Akten oder Aktenauszüge bislang in höfischen und akademischen Kreisen kursiert, dauerte es nicht allzu lange, bis auch die Zeitschriftenverleger sich der so völlig neuen Materie annahmen.

---

[479] Schröder, S. 60.
[480] Schröder, S. 64.
[481] Schröder, S. 68/69.

Das geschah zum einen per Rezensionen über erschienene Vampirschriften, zum anderen mithilfe von Kopien, Auszügen oder Paraphrasen, Kommentaren, Originalakten und -berichten.

Und Zeitschriften sind immer auf der Jagd nach guten Stories. Damals wie heute.

Ach ja, die Zeitschriften damals hatten wenig mit den Hochglanz-Blättern der heutigen Zeit gemein. Zielgruppen der Zeitschriften waren Adel und Bildungsbürgertum. In den großen Publikationszentren Westeuropas wie Den Haag, Paris, London oder Leipzig saßen Agenten der Fürsten, die ihren Auftraggeber mit Literatur versorgten.[482]

Was man wissen muss: Für Adel und Bürgertum war die Zeitschriftenlektüre ein wesentliches Element der Unterhaltung; während in den Bürgerstuben des Lesens Kundige die Artikel vortrugen, unterhielten die Höfe eigene Vorleser.[483]

Aber es gab einen Markt dafür.

Und etliche, die diesen Markt beliefern wollten!

Um 1700 existierten in Deutschland achtundfünfzig Zeitschriften, im folgenden Jahrzehnt waren es bereits vierundsechzig, und in den Zwanzigern kamen weitere hundertneunzehn hinzu. Vierzig Prozent der Gesamtproduktion waren historisch-politische Zeitschriften zusammen mit geschichtlichen Fachzeitschriften. Die allgemeinwissenschaftlichen

---

[482] Schröder, S. 70.
[483] Kirchner, Joachim (Hrsg.): Das deutsche Zeitschriftenwesen, seine Geschichte und seine Probleme. Von den Anfängen bis zum Zeitalter der Romantik. Wiesbaden 1958, Bd. I, S. 37–39.

Blätter nahmen 22,5 Prozent in Anspruch, elf Prozent des Marktes stellten die theologischen Blätter.[484]

Das Schöne: Keine der Sparten kam in den 1730ern um das Phänomen Vampirismus herum.

Hier ein paar Beispiele.

Als erste Zeitschrift überhaupt berichtete das »Wiener Diarium«, Nummer 58 vom 21. Juli 1725, vom Vampirglauben in Serbien. Im Anhang findet sich eine »Copia« des Schreibens des Kameralprovisors Frombald an die Verwaltung.[485]

Bald nach dem »Diarium« erschien das des Öfteren erwähnte Flugblatt mit der »Entsetzlichen Begebenheit«.

Zwischen den Jahren 1726 und 1727 brachten die »Holsteinischen Gazetten« die »Copia« sowie einen Artikel über die Vampire, nachgedruckt in den »Breßlauischen Sammlungen« 1727.[486] Ansonsten wurde diese Meldung in ausländischen Zeitschriften nicht beachtet.

Eine große Resonanz blieb aus.

Vorerst ...

1732 wiederholte sich der Vorgang.

Nur wurde diesmal in der Abfolge ein anderer Weg beschritten.

Während in Wien der Vorfall von Medvegia bekannt wurde, schrieben diesmal weder das »Diarium« noch die »Posttägliche(n) Frag- und Anzeigungs-Nachrichten des Kaiserlichen Frag- und Kundschafts-Amts in Wien« etwas da-

---

[484] Kirchner, Bd. I, S. 37.
[485] Zenker, E. V.: Geschichte der Wiener Journalistik von den Anfängen bis zum Jahre 1848. Wien/Leipzig 1892, S. 41.
[486] Schröder, S. 78.

rüber.[487] Dafür reagierten Korrespondenten in Wien und schickten ihren Blättern Nachrichten von den serbischen Vampiren.

Jetzt fühlten sich die Experten berufen, etwas zu schreiben. In Leipzig erschien unter dem Kürzel W.S.G.E. bereits am 4. Februar 1732 eine Abhandlung »Curieuse und sehr wunderbare Relation von denen sich neuer Dingen in Servien erzeigenden Blut-Saugern oder Vampyrs, aus authentischen Nachrichten mitgetheilet und mit Historischen und Philosophischen Reflexionen begleitet von W.S.G.E.«. Weitere Korrespondentenberichte folgten am 23. Februar und 5. März 1732.[488]

Aufgenommen wurde das Ereignis außerdem von der Erfurter »Miscellanea Physico-Medico-Mathematica«[489] und dem erwähnten Nürnberger »Commercium litterarium«.[490]

Das »Commercium« räumte den serbischen Vampiren im Jahre 1732 die stattliche Zahl von siebzehn Artikeln ein, zitierte Briefwechsel von Persönlichkeiten, druckte den Bericht Flückingers, verglich ihn mit anderen Abschriften und

---

[487] Posttägliche(n) Frag- und Anzeigungs-Nachrichten des Kaiserlichen Frag- und Kundschafts-Amts in Wien, in: Kirchner, Bd. I, S. 252, Nr. 4516.

[488] Schröder, S. 80/81.

[489] Miscellanea Physico-Medico-Mathematica, oder Angenehme curieuse und nützliche Nachrichten von Physical- und Medicinischen, auch dahin gehörigen Kunst- und Literatur-Geschichten, welche in den Winter- und Frühlingsmonaten des Jahres 1728 in Teutschland und anderen Reichen sich zugetragen oder bekannt geworden sind etc. (Hrsg. Andreas Elias Büchner). Erfurt 1732, in: Kirchner, Bd. I, S. 179, Nr. 3189.

[490] Commercium litterarium ad rei Medicae & scientiae naturalis incrementum institutum, quo quicquid novissime observatum, agitatum, scriptum vel percatum est (Hrsg. Johann Christoph Götz, Johann Heinrich Schultz, Christoph Jacob Treu), 1731 und 1732, Sammelband Nürnberg 1733, in: Kirchner, Bd. I, S. 199, Nr. 3521.

bot ein Forum für verschiedene Theorien und Erklärungsversuche.[491]

Der Vampir war bekannt und beliebt. Wenigstens als Thema.

Im dritten und vierten Jahrzehnt zählten die bisher genannten deutschen Zeitschriften aus Erfurt, Leipzig und Nürnberg zu den auflagenstärksten[492]. Sie versorgten die Leser durch die unterschiedlichen Sitze der Verlagshäuser im Norden, Osten und Süden Deutschlands selbst im Falle von zurückhaltender Berichterstattung mit Nachrichten über den Vampirglauben, der in Serbien für Aufregung sorgte.

Ich fasse es einmal zusammen: Die Nachricht von den Vampiren wurde zunächst in regionalen Zeitungen aufgegriffen.

Über Korrespondenten in Wien erfuhr die Nachricht in allgemeinwissenschaftlichen, historisch-politischen und theologischen Zeitschriften eine größere Weiterverbreitung. Deren Marktanteil sank zwar in den Jahren nach 1730 und 1740, betrug aber immer noch rund zwei Drittel[493].

Damit wurde der Vampirglaube auf diesem Wege überregional und teilweise international bekannt gemacht.

In den Jahren nach 1732 reduzierte sich die Zahl der Zeitschriften, die Artikel über den Vampirismus brachten. Man beschränkte sich auf Rezensionen von neu erschienenen Vampirschriften[494]. Und ab 1739 beschäftigten sich die deutschsprachigen Zeitschriften nicht länger mit Medvegia oder mit Vampirschriften im Allgemeinen.[495]

---

[491] Schröder, S. 86.
[492] Schröder, S. 89.
[493] Schröder, S. 94.
[494] Schröder, S. 96.
[495] Schröder, S. 98.

Scheint, als hätten die Vampire es geschafft, wenigstens die Reporter von sich abzulenken. Aus den Augen, aus dem Sinn. Aber vorher mussten sie es sich auch außerhalb von Deutschland gefallen lassen, diskutiert zu werden.

Im Ausland widmete man sich nun ebenfalls den 1725 vernachlässigten Vampiren, allen voran das niederländische, in Den Haag verlegte Unterhaltungsjournal »Le Glaneur« in seiner Ausgabe vom 3. März 1732.[496]

Im Mai folgte ein Artikel im Pariser »Mercure de France«.[497] Der »Mercure historique et politique«[498], ein historisch-politisches Blatt mit Erscheinungsort Den Haag, veröffentlichte eine Vampirbegebenheit erst Juli 1736.

In England brachte das »London Journal« am 11. März 1732 als Erstes eine Korrespondentenmeldung von Medvegia.[499] Es folgten das »Gentleman's Magazine« im selben Monat[500] und das »Craftsman« am 20. Mai.[501] Eine Woche später veröffentlichte »Applebee's Original Weekly Journal« einen längeren Artikel zum Vampirglauben.[502]

---

[496] Le Glaneur historique, moral, littéraire, galant et calottin ou recueil des principaux événements arrivés dans les courant de cette année, accompagnés de reflexions. On y trouve aussi les pièces fugitives, les plus curieuses, qui ont paru tant en vers qu'en prose, sur toutes sortes de sujets, & en particullier sur les affaires du temps. Pour l'année 1732 (A la Haye, 1732), Tome II, Nr. 18: »Pour Lundi, 3 Mars 1732«.

[497] Mercure de France, Paris (Mars) 1732, p. 890–898.

[498] Mercure historique et politique, contenant l'état présent de l'europe, ce qui se passe dans toutes les cours. 101, Parme et La Haye (Juillet) 1736, S. 406.

[499] The London Journal, Numb. 663 (Saturday, March 11, 1731–2), London 1732.

[500] Genteman's Magazine, or Monthly Intelligencer, 2 (May 1732), London 1732, S. 681.

[501] The Craftsman, Numb. 307 (Saturday, May 20, 1732), London 1732.

[502] Applebee's Original Weekly Journal by Philip Sidney, Esq. (Saturday, May 27, 1732), London 1732, S. 1.

Was faszinierte die Menschen an dieser Schreckgestalt?

Die Erklärung fällt relativ leicht: Die Vampire hatten *sowohl* das volkstümliche als auch das wissenschaftliche Interesse geweckt.

Die Hexenprozesse der Vergangenheit liefen immer nach dem gleichen Schema ab und wurden, so pervers es klingt, langweilig.

Vampire jedoch kurbelten die Imagination weit mehr an!

Die Mythologie des Vampirismus faszinierte die Leute in vielfacher Hinsicht, bot sie doch eine Möglichkeit, der Neugierde zu frönen und die Phantasie auszutoben. Ein Monster und schier unendliche Möglichkeiten, sich zu gruseln und Gänsehaut zu bekommen.

2. Die Auseinandersetzung

Publik gemacht war er nun, der Vampir.

Aber wie ließen sich die Ereignisse in Medvegia und anderswo in Sachen Vampire erklären?

Welche Mächte waren am Werk? Dämonische? Göttliche? Oder war es schlicht ... Unfug? Aberglaube?

Jeder wusste es besser.

Es tobte ein Kampf der Meinungen und Erklärungsmöglichkeiten von den unterschiedlichsten zeitgenössischen Gruppen und Personen.

Wenn man deren Statements liest, begreift man, mit welcher Inbrunst und welcher Ausdauer, welcher Ernsthaftigkeit im 18. Jahrhundert diskutiert wurde.

Und die merkwürdigen Satzstellungen sind keine Druckfehler. Es sind eben Zitate. Mit ihrem ganz eigenen Charme, wie ich finde.

Michael Ranffts Buch »De masticatione mortuorum in tumulis«, 1725 zum ersten Mal erschienen, 1728 erneut und nochmals 1734 von ihm aufgelegt, wurde immer wieder zitiert.

Er hatte sich ursprünglich mit dem Schmatzen der Toten, also den »Nachzehrern« beschäftigt und eine Erklärung für angenagte, abgefressene Leichenteile gesucht.

»Wir können weder dem Teufel noch denen Todten selbst hiervon etwas ohne mehrern Beweiß zuschreiben. Wer die Ursache bey denen unterirdischen Thieren, deren es eine grosse Menge in der Erden giebt, zuschreiben will, der wird nicht irren.«[503]

Kurz: Er verwarf komplett jegliche Beteiligung übernatürlicher Mächte, inklusive des Teufels.

Gleichermaßen beschäftigte sich Graf Otto vom Graben zum Stein, Vizepräsident der Berliner Societät der Wissenschaften, in seiner monatlichen Serie »Unterredungen von dem Reiche der Geister« vor der ausufernden Debatte mit den schmatzenden Toten.

»Es ist etwas gar Gemeines, dass man bey denen Begräbnissen ein ausserordentliches Gepolter, Krachen, Getöse oder andern seltssamen Schall vernimmt, welches nicht allein zu unseren Zeiten, sondern auch in den vorigen also befunden worden. Dieses muss nun entweder von bösen Geistern oder von einem Astral-Geist herrühren.«[504]

---

[503] Ranfft, Michael: De masticatione mortuorum in tumulis. Leipzig 1728, dt. Tractat von dem Kauen und Schmatzen der Todten in Gräbern, worin die wahre Beschaffenheit derer Hungarischen Vampyrs und Blutsaugern gezeiget, auch alle von dieser Materie bißher zum Vorschein gekommene Schrifften recensiret werden. Leipzig 1734, zitiert nach Hamberger, S. 100.
[504] Stein, zitiert nach Sturm/Völker, S. 17.

In der späteren Diskussion eröffnete sich damit die Frage, welcher Geist nun für das Verhalten der Leichen verantwortlich war. Ich wusste vor meinen Nachforschungen gar nicht, wie viele es angeblich gibt!

Am 11. März 1732 legte die Königlich Preußische Societät ihr Gutachten vor, das sich äußerst skeptisch zu den Geschehnissen in Medvegia äußerte:

»(…) Es lässet sich auch aus der Ausgrabung und denen an dieses Paole Körper befundenen Blute, Nägeln an Händen und Füßen, auch dem bey Durchschlagung des Pfahles durchs Hertz angemerckter Geröchzer oder Laute, auff die Vampyrschafft kein bündiger Schluss machen, massen denn die die ersteren Phänomena ihre natürlichen Ursachen haben, das Geröchzer und der Laut aber wegen der in der Cavität des Hertzens annoch befindlichen ausgebrochenen Lufft geschehen seyn kann.

Übrigens ist gewiss, dass die Erscheinung dieser Blutsauger auch worinne selbige bestanden, mit nichts dergethan und wir keine Spuren davon in der Historie, in den hiesigen so wenig als anderen Evangelischen Landen iemahls gefunden (…)«[505]

Wissenschaftler mit Durchblick: Die Gutachter sahen das flüssige Blut der Toten ebenso wenig als etwas Besonderes an wie das Wachsen der Haare und Nägel.

Alle von Flückinger entdeckten Besonderheiten stießen auf Ablehnung und erfuhren eine nüchterne Erklärung seitens der preußischen Wissenschaftler.

---

[505] Gutachten der Königlich Preußischen Societät derer Wissenschafften von denen Vampyren oder Blut-Aussaugern, 11. März, Berlin 1732, zitiert nach Sturm/Völker, S. 22/23.

»Letzlich ist insonderheit hierbey anzumercken, dass die bißherige Blame der Vampyrschafft nur auf lauter arme Leute gebracht, und man ohne vorgängiger umständlichen, wenigstens aber uns nicht communicirten Untersuch- und Erörterungen die Todten in den Gräbern geschimpfft und als Maleficanten tractirt worden«, lautete es gegen Ende des Gutachtens.[506]

Die Professoren rieten, »bey dieser Quaestion behutsam zu verfahren«, da sie keinerlei Beweise für die Existenz der Vampire entdeckten.[507]

Auch wenn das Gutachten keine Grundlage für das Festhalten am Vampirglauben bot, verhinderte es nicht, dass die Zahl derer, die ihre Meinung in Zeitschriften und Traktaten, Büchern und Schriften zum Besten geben wollten, noch anwuchs.

Ein Dementi hat eine Sache eben noch nie aus der Welt geschafft. Ganz im Gegenteil: Es bestärkt die Befürworter und macht das Thema interessanter.

Die Lösung des Problems, das in einer bunten Mischung aus Arzneikunde, Medizin und Weltweisheit behandelt wurde, beschäftigte von nun an die deutschsprachigen Autoren.

Nach der Einschleppung des Vampirvirus an Akademien, Universitäten und Gelehrtenkreisen dominierte der Vampirismus mit seinen Traktaten die Leipziger Ostermesse. Natürlich ging es bei der Ostermesse nicht nur um das Feiern des gemeinen Volkes, sondern um die Präsentation neuer oder neu aufgelegter Bücher. Buchmesse im 18. Jahrhundert mit Rahmenprogramm.

---

[506] Ebda., Sturm/Völker, S. 24.
[507] Ebda., Sturm/Völker, S. 24.

Ranfft sagte 1733 dazu: »Inmittelst gab diese Anlass, das, was man an der letztverwichenen Leipziger Oster-Messe in einen Buchladen gieng, man überall etwas von denen Blut-Saugern zu Gesichte bekam.«[508] Er beklagte sich bitter, dass »mir theils falsche Meinungen aufgebürdet, theils aus meinen Sätzen falsche Schlüsse gemacht (...)«[509]

Was tut ein cleverer Autor in einem solchen Fall?

Sein Werk wurde wie erwähnt in deutscher Übersetzung und in Überarbeitung 1734 nochmals auf den Markt geworfen.

Vogt schrieb im Jahr 1732 »Kurtzes Bedenken von denen Actenmäßigen Relationen wegen derer Vampiren«.

Die Unverweslichkeit der Vampire rührte »von einem beygebrachten also qualificirten Giffte«[510] her; im Übrigen geschähe es auch bei den Schlangen, dass sie eine neue Haut bekämen.[511]

Na ja. Bei Menschen ist das nicht wirklich so ...

Interessant auch der Artikel »Eines Weimarschen Medicus muthmaßliche Gedanken von denen Vampiren oder sogenannten Blut-Saugern«.

Es ist das Gemeinschaftswerk der Weimarer Ärzte Johann Christian Fritsch und Johann Ernst Stahl vom 4. Juli 1732.

Sie schrieben sowohl über die Ereignisse in Kisolova als auch in Medvegia und boten ihre Lösungen an, die sich unterhaltsam lesen.

---

[508] Ranfft, zitiert nach Hamberger S. 166.
[509] Ebda., Hamberger, S. 166.
[510] Vogt, Gottlob Heinrich: Kurtzes Bedencken von denen Acten-mäßigen Relationen wegen derer Vampiren, oder Menschen- und Vieh-Aussaugern. Leipzig 1732, zitiert nach Sturm/Völker, S. 26.
[511] Ebda., Sturm/Völker, S. 26.

»Dass der Teufel die entseelten Cörper wiederum belebe (...) wird zwar von vielen gesagt, aber nicht erwiesen. (...) Endlich sollen sich auch noch einige Physici gefunden haben, welche die Vampyren (...) vor gewisse insecta, oder vor eine Gattung der Eidexen, und Tarantulen halten, und ausgeben. (...)

Es kann auch seyn, dass die furchtsame Einbildung vor denen Vampyren bey denen Rätzen und Heyducken den Affekt, welcher von denen Medicis Ephialtes, seu Incubus, und von uns Teutschen der Alp, das Nacht-Männekin, Schrötlein, die Maar, die Trutte, und das Joachimken genennet wird, würcklich causiret habe.«[512]

Also doch alles Einbildung?

Massenhysterie?

Die beiden Mediziner sahen den wahren Grund der Todesfälle 1725 in einer Krankheit, die »ein febris maligna et contagiosa gewesen sey, daran dieses Volck darnieder gelegen und gestorben ist«.[513]

Febris maligna – das bösartige Fieber, das zudem »contagiosa«, also ansteckend ist, ausgelöst durch die schlechte Luft und das Wetter in dem Gebiet. Nicht zu vergessen zu viel Wein und Fleisch und verdorbenes Wasser, was eine Ansammlung von Schwefelpartikeln im Körper zur Folge habe und Fieber nach sich ziehe.[514]

Auch die Todesfälle in Medvegia erhielten eine rationale

---

[512] Eines Weimarischen Medicus mutmaßliche Gedanken von denen Vampiren oder sogenannten Blut-Saugern, Leipzig 1732, zitiert nach Sturm/Völker, S. 27.
[513] Eines Weimarischen Medicus mutmaßliche Gedanken von denen Vampiren oder sogenannten Blut-Saugern, Leipzig 1732, zitiert nach Hamberger, S. 129.
[514] Ebda., Hamberger, S. 132.

Erklärung: »Sufficit, dass wir wissen, dass das Schaaf kranckgewesen, und die Frau [Stanka] gleich nach dem Essen des Fleisches von dem vereckten Schaafe kranck geworden, und endlich gestorben sey.«[515]

Über die Krankheit des Schafes spekulierten die Mediziner zwar, nannten die Krätze, die Blattern und die Pest.

Sie räumten aber ein, es wegen der ungenügenden Information nicht näher diagnostizieren zu können. Verbreitet habe sich die Erkrankung durch Bewohner, die die alte Frau besucht und die »nociva effluvia«[516], die schädlichen Ausdünstungen, eingeatmet hätten. Und das wiederum verursachte die febris maligna et contagiosa.

Die Unverwestheit der Körper in den Gräbern führten sie zurück auf den luftdichten Verschluss der Leichen, womit der Fäulnisprozess verlangsamt wird, auf geringe Feuchtigkeitsmenge in den Toten und die Beschaffenheit der Erde in diesem Gebiet.[517] Das austretende, flüssige Blut erklärten sie mit ähnlichen Argumenten.

Bis jetzt sieht es also schlecht für die Vampire aus. Keiner möchte an sie in wissenschaftlicher Manier glauben.

Der kurfürstlich-sächsische Leibarzt Johann Georg Heinrich Kramer, Spezialist für Feldchirurgie und endemische Soldatenkrankheiten, stellte im »Commercium« 1732 einen Fragenkatalog zur vernünftigen Klärung des Problems zusammen.

Er verwies auf die inzwischen bekannte Theorie des »febris maligna« und stellte nach Untersuchung des »Visum et repertum« Flückingers fest:

---

[515] Ebda., Hamberger, S. 133.
[516] Ebda., Hamberger, S. 134.
[517] Ebda., Hamberger, S. 135/136.

»(...) so finde ich nichts Übernatürliches in besagtem Bericht, sondern behaupte dagegen, dass alles natürlich ist. (...) Da endlich einige ausgegrabene und begutachtete Leichname diese Vampirsymptome nicht aufweisen, scheinen sie tatsächlich an dieser selben Krankheit nicht gelitten zu haben.«[518]

So viel zum Thema Krankheiten – aber was ist mit dem Übernatürlichen? Was wurde aus der Anfrage Kottwitz' an Ettmüller, ob es sich bei den Leichen nun um die Einflussnahme sympathetischer, teuflischer oder astralischer Geister handele?

Auch dies diskutierten Mediziner und Theologen heftigst untereinander.

In Bezug auf Ranfft verfasste Christoph Friedrich Demelius in Weimar seinen »Philosophischen Versuch«, in dem er drei substanziell unterschiedliche Seelen annahm und sagte:

»Sie [die Vampire] sind zwar todt anzusehen ratione animae rationalis, (...), auch sind sie nicht mehr am Leben ratione animae sensitivae, weil ihre corpora keine sinnliche Empfindung mehr haben; sie leben aber noch iratione animae vegetativae, weil wir an ihnen wahrnehmen, dass sie nicht allein von aller Corruption frey, sondern darzu das frische Blut in sich haben.«[519]

Aha. Alles klar.

---

[518] Kramer, Johann Georg Heinrich: Cogitationes de Vampyris Serviensibus. In: Commercium litterarium, Hebd. XXXVII, Nürnberg 1732, zitiert nach Hamberger, S. 142.

[519] Demelius, Christoph Friedrich: Philosophischer Versuch, ob nicht die merckwürdige Begebenheit derer Blutsauger in Nieder-Ungarn, A. 1732 geschehen, aus denen principiis naturae, ins besondere aus der sympathia rerum naturalium und denen tribus facultatibus hominis könne erleutert werden. Weimar 1732, zitiert nach Hamberger, S. 167.

Das Vegetative sorge dafür, dass ihr Körper sich nach Nahrung umsehe. Weshalb die Vampire die Leichentücher und sich selbst im Grab anfressen, so Demelius.

Erinnert ein wenig an die klassischen Zombies, die sinnfrei durch die Gegend taumeln und stöhnend jungen Mädchen nachtorkeln, um ihnen zuerst die Kleider vom Leib und dann das Fleisch von den Knochen zu reißen.

Wie immer, wenn das Übersinnlich-Überirdische in Erscheinung tritt, kommen die Leute nicht ohne passende Bibelstellen aus.

Genesis 2, 7: »Da machte Gott der HERR den Menschen aus Erde vom Acker und blies ihm den Odem des Lebens in seine Nase. Und so ward der Mensch ein lebendiges Wesen.«[520]

Lassen wir Kollega Ranfft ausführlicher zu Wort kommen.

Er argumentierte deshalb in der Frage nach dem Wachsen von Haut, Haaren, Fingernägeln und erigiertem Glied:

»Da nun der Leib schon vor der Existenz der Seele geschaffen worden, so hat derselbe an und vor sich betrachtet, nichts anders denn lebend seyn können. (…)

So lange demnach ein Cörper noch nicht verweset und vergangen, sondern würcklich verhanden ist, so lange kann er auch noch ein Leben haben.«[521]

Zombiefreunde werden an der Stelle jubeln und sagen: Mensch, der Ranfft! Endlich einer mit Ahnung.

Die Unverweslichkeit führte Ranfft auf den Einklang der Elemente zurück, die den Körper zusammensetzen. Als da

---

[520] Die Bibel oder die Heilige Schrift des Alten und Neuen Testaments nach der Übersetzung Martin Luthers. Stuttgart 1984[83], S. 16.
[521] Ranfft, zitiert nach Hamberger, S. 172/173.

wären »erdenen, wässerichten, feurigen und lufftigen, Theilgen, (...) Saltz, Schwefel und Quecksilber«.[522]

Seine Schlussfolgerung: »Hierdurch wird nicht nur des gährenden Leibes Zersetzung verhindert; sondern solcher auch so lange in diesem Zustande, darinnen er ist, erhalten, bis ein stärcker Menstruum [Anm. d. A.: Lösungsmittel] darzu kömmt, das solchen endlich auflöst.«[523]

Okay, damit könnte man sich noch halbwegs anfreunden – aber warum sterben dann die Menschen im Umfeld des Toten?

Schlicht an Melancholie, an Depression.

Ranfft selbst verwies das Fressen der Toten und die Heimsuchung der Lebenden ins Reich der Phantasie und erklärte: »Der plötzliche Tod [der Verwandten, Anm. d. A.] würcket in denen Hinterlassenen gemeiniglich Bekümmerniß.

Die Bekümmerniß führt Traurigkeit bey sich.

Die Traurigkeit zeuget Melancholie.

Die Melancholie verursacht unruhige Nächte und schwere Träume.

Und durch schwere Träume werden die Kräffte des Leibes und der Seelen dergestalt geschwächt, dass nicht nur Kranckheit, sondern auch der Tod selbst daraus erfolget.«[524] Zu Tode geschlafen.

Die Exekutionen der verdächtigen Leichen sah Ranfft aus medizinischer Sicht als legitim an: »Wir halten selbst dafür, dass es in diesem Fall allerdings das beste Mittel sey, sogleich allen Fleiß anzuwenden, dass ein dergleichen schädlicher Körper zerstoßen und vernichtet werde.

---

[522] Ebda., Hamberger, S. 173.
[523] Ebda., Hamberger, S. 173.
[524] Ebda., Hamberger, S. 182.

Denn dadurch hören alle würckenden Kräffte in ihrer Würckung, und folglich auch der Schaden, der dadurch den Lebenden wiederfährt, auff.«[525]

Außerdem: »Wenn wir hiervon unsere Meinung offenherzig sagen sollen, so widerrathen wir alle diejenigen Mittel, die nach einem Aberglauben riechen.«[526]

Ranfft der Realist. Nach damaligem Ermessen.

Mit der Seele und deren Prägung beschäftigte sich das anonyme »Raisonnement« zur »Actenmäßigen Relation«:

»Mit welcher Impression nun die Seele von den Menschen ausfähret, mit solcher ist ohne Zweifel sein Vehiculum, der Astra-Geist, impraegnirt, und daher entstehen nach der Separation gute oder böse operationes.

Wir finden in obiger Relation von den verschiedenen Vampyren, dass sie bey ihren Lebzeiten schon gesagt, dass sie nach ihrem Tode Menschen-Sauger werden würden, und was ist vor ein Zweiffel, dass sie beym letzten Augenblick ihres Lebens eben diese schädlichen Gedancken werden gehabt haben und dass Begebenheiten die effecta davon seyn (…).«[527]

Demnach sind die letzten Gedanken also schuld?
Dann können Gedanken doch töten!

---

[525] Ebda., Hamberger, S. 256.
[526] Ebda., Hamberger, S. 257.
[527] Anonymus: Actenmäßige und umständliche Relation von denen Vampiren oder Menschen-Saugern, welche sich in diesem und vorigen Jahren im Königreich Servien hervorgethan. Nebst einem Raisonnement darüber und einem Hand-Schreiben eines Officiers des Printz Alexandrischen Regiments aus Medwedia in Servien an einem berühmten Doctorem der Universität Leipzig. Leipzig 1732, S. 6 ff., zitiert nach Hamberger, S. 186.

1733 verfasste Harenberg, Rektor der Schule des reichsfreien Stifts Gandersheim, seine »Vernünftigen und Christlichen Gedancken über die Vampirs«.

Aus detaillierter Untersuchung gängiger Halluzinogene entwickelte er die These von der durch natürliche oder künstliche Gifte kontaminierten Einbildungskraft.

»(...) dass dergleichen Erwürgung und Bluthsaugung, weder der unmittelbahren Würckung Gottes noch dem Satan, noch der Seele der Verstorbenen, noch dem begrabenen Leibe zuzuschrieben ist.«[528]

Er warf einen Blick auf die Lebensumstände der betroffenen, führte einmal mehr die schlechte Nahrung der Menschen in den Gebieten an, die sich auf das Blut auswirkt, und gab zu Bedenken, dass manche Krankheiten, wie Hypochondrie oder Hysterie, die Einbildungskraft verstärken.

»Wenn nun die Würgung und Absaugung des Bluths bey den Serviern lediglich in der Phantasie bestehet, (...) so lernen wir aus beygebrachten Exempeln letztlich, dass eine Verdickung und Erstarrung der Leibes-Säfte die Einbildungs-Kraft in grosse Unordnung gebracht habe. Die Servier sind eine geraume Zeit unter den Türcken gestanden, und haben von denselben den häufigen Gebrauchs des Opiums angenommen.«[529]

---

[528] Harenberg, Johann Christoph: Vernünftige und christliche Gedanken über die Vampirs oder blut-saugenden Todten, so unter den Türcken und auf den Grenzen des Servien-Landes den lebenden Meschen und Viehe das Blut aussaugen sollen, begleitet mit allerley theologischen, philosophischen und historischen aus dem Reiche der Geister hergeholten Anmerckungen und entworffen von Johann Christoph Harenberg, Rector der Stiffts-Schule zu Gandersheim. Wolfenbüttel 1733, zitiert nach Hamberger, S. 122.
[529] Ebda., Hamberger, S. 127.

Bei ihm sind die Vampire also Hirngespinste. Drogen-Tote, wenn man so möchte.

Die Todesfälle selbst führte er auf eine ansteckende Krankheit zurück, die durch den Besuch bei den Erkrankten über die Atemwege oder durch das eigene Bestreichen mit dem Blut des infizierten Körpers weiterverbreitet werde, derer sich die Menschen aber nicht bewusst sind.

»Dem Gedächtnis fällt sofort die alte Historie bey von den Bluthsaugern, und der übereilte Verstand, den man mit gründlicher Untersuchung des Übels nicht bemühet, nimt lieber eine erdichtete Uhrsache der Kranckheit an, als dass er seine Unwissenheit gestehen will.«[530]

Er empfahl zudem: »Zu mehrer Sicherheit sollte sich niemand mit dem Bluthe der Vampirs beschmieren, von keinem angestecktem Viehe essen, vielweniger sich an das überflüßige Opium und die Mehrleins von den Vampirs gewehnen. Denn sobald man den Uhrsprung der Seuche erfahren, würde sich leichtlich die rechte Gegen-Veranstaltung zu Wercke richten lassen.«[531]

Im selben Jahr erschien in Duisburg Zopfs »Dissertatio de Vampyris Serviensibus«, der die These des »contagium magicum« aufstellte – die magische Ansteckung!

»Wenn wir nämlich den Teufel als Hauptursache dieser serbischen Tragödie angeben, so schließen wir die Kräfte der Natur bei diesem Wirken nicht aus. Denn ihrer bedient sich der böse Dämon, um die Kunst seiner Bösartigkeit auszuüben.«[532]

---

[530] Ebda., Hamberger, S. 128.
[531] Ebda., Hamberger, S. 258.
[532] Zopf, Johann Heinrich: Dissertatio de Vampyris Serviensibus. Duisburg 1733, zitiert nach Hamberger, S. 205.

Und: »(...), dass die ganze Vampyrpest bei Serben und anderen in einer magischen Ansteckung (contagium magicum) besteht, die nach dem gerechten Ratschluß Gottes die Bewohner jener Gegend heimsucht. Wir sagen Ansteckung, weil sie sich gleich einer Seuche weiter ausbreitet und mit ihrem Anhauch nicht nur einzelne Menschen, sondern ganze Familien infiziert und ausrottet; und wir nennen sie magisch, weil der Teufel sein Wirken unter die Kräfte der Natur mischt, und so einige widernatürliche Effekte erzielt.«[533]

Das Feld gehörte den Spezialisten, und die zofften sich gehörig!

Im Jahre 1732 entwickelten sich lebhafte, öffentlich in Zeitschriften und Journalen ausgetragene Diskussionen zwischen den Hauptstreitern Ranfft, Harenberg, Zopf, dem »Weimarischen Medicus«, W. S. G. E. und anderen.

Sie stritten über Sinn und Unsinn der Theorien der jeweils anderen. Selbst vor persönlichen Angriffen wurde dabei nicht zurückgeschreckt.

Aber alles hat einmal ein Ende.

In den folgenden Jahren reduzierte sich bei Akademikern und Wissenschaftlern das temporäre Interesse am Vampir. Traktate und Artikel erschienen nur noch vereinzelt.

Menckes »Neue Zeitungen« und Loeschers »Fortgesetzte Sammlung« druckten bis 1739 Beiträge zu Kisolova und Medvegia.

1735 veröffentlichte der königlich-polnische Leibarzt Johann Daniel Geyer »Müßiger Reisestunden gute Gedanken von denen todten Menschensaugern«.

---

[533] Ebda., Hamberger, S. 205.

Franz Anton Ferdinand Stebler, ein Ingolstädter Medizinprofessor, verfasste 1737 »Sub vampyri, aut sanguisugae larva«.

Im gleichen Jahr erschien Ägidius Hellmunds »Unbekannte Gerichte Gottes« mit einem Kapitel über die Vampire.

Der Königlich Preußische Kammerherr Marquis Boyer d'Argens, gleichzeitig Mitglied der Akademie der Wissenschaften, ließ sich in imaginären Korrespondenzen in seinem sechsbändigen »Jüdische Briefe« über die Vampire aus. »Hierzu setze ich noch, es sey sehr leicht, dass gewisse Leute sich einbilden, sie würden durch die Vampyren ausgesaugt, und dass die, aus einer solchen Einbildung entstehende, Furcht in ihnen eine so heftige Veränderung verursacht, dass sie darüber das Leben einbüßen.«[534]

Und: »Ich sehe deutlich, dass der Eindruck von der Furcht in ihnen lediglich die Ursache ihres Todes ist. (...) Wer nur ein klein wenig philosophisch zu denken gewöhnt ist, muss aus dieser Erzählung gleich sehen, dass die eingebildete Vampyrennoth weiter nicht, als eine sehr rege gemachte Einbildung sey.«[535]

Die unverwesten Körper führte er auf die Beschaffenheit der Erde zurück, das flüssige Blut auf Salpeter und Schwefel im Erdreich. Sie reagierten zusammen in dem Körper durch dessen Erwärmung mittels Sonnenstrahlen.

---

[534] Des Herrn Marquis d'Argens, Königl. Preuß. Kammerherrs und Directors der Philolog. Classe d. K. Akademie der Wissenschaften, »Jüdische Briefe« oder phil., hist. und critischer Briefwechsel zwischen einem Juden, der durch verschiedene Länder von Europa reiset, und seinen Correspondeten an anderen Orten. 1.–6. Theil. Berlin/Stettin 1763–66 (Erstausgabe 1738), zitiert nach Sturm/Völker, S. 34.

[535] Ebda.; Sturm/Völker, S. 34.

1739 folgte mit »Medizinischen Bedencken von denen Vampyren« von Christian Ludwig Charisius, Königsberger Professor für Medizin, die vorerst letzte Stellungnahme.

1748 erschien im »Leipziger Naturforscher« ein kommentierender Brief über Vampirismus.

Jemand vergessen?

Natürlich! Die obersten Hirten! Anders gesagt: Auch kirchliche Würdenträger mischten sich in die Debatte ein.

Denn die Kirche sah sich dem Problem gegenüber, dass der Vampirglaube die gotteslästerliche Umkehrung einiger christlicher Dogmen und Kulte darstellte. Der Vampir präsentierte sich in ähnlicher Form wie mancher Heilige: Er verweste nicht, Haare und Nägel wuchsen weiter, sein Grab leuchtete.[536] Unverwestheit wie Johannes Bosco, Katharina von Bologna und viele weitere, quer durch alle Jahrhunderte.

Das ging nun *gar nicht*!

Was noch schlimmer wog: Das Blutsaugen konnte sogar als Umkehrung der christlichen Kommunion aufgefasst werden.

Also hatte man es mit einem blasphemischen, bösartigen Glauben zu tun, der sowohl kritisiert als auch verworfen werden musste, um das heilige Modell, auf dem er beruhte, zu schützen.[537] Das tat man dann auch ausgiebig.

Der Bischof der süditalienischen Stadt Trani, Guiseppe Davanzati, verfasste 1739 seine »Dissertazione sopra i vampiri«, aufgebaut auf den Grundinformationen, die Schrattenbach aus Olmütz mitgebracht hatte.

Ihm zufolge fand dieser Glauben in Mähren und Ungarn

---

[536] Klaniczay, S. 88.
[537] Klaniczay, S. 89.

mehr Anhänger als in Spanien oder Frankreich, weil die Einwohner dieser letzteren Länder weniger leichtgläubig waren. Er meinte den Glauben sowieso mehr in den unteren, ungebildeteren Klassen zu finden, weniger unter Wissenschaftlern und Edelleuten, da diese weniger zu täuschen wären.[538]

Vampire als Deppenwerk?

Einer aus der Kirchenabteilung gab sich wenigstens etwas mehr Mühe: ein Geistlicher namens Augustin Calmet.

1746 erschien in Frankreich sein Werk »Dissertations sur les apparations des esprits et sur les vampires au revenants de Hongrie etc.«, das sich ausführlich mit den Phänomenen in Serbien auseinandersetzte. Im Deutschen hieß es »Über Geistererscheinungen« und wurde 1751 zum ersten Mal in Deutschland veröffentlicht.

Calmets Ansichten stellen eine Besonderheit dar, und weil er sich so brav angestrengt hat, bekommt er eine größere Passage im Buch.

Der Geistliche machte klar: »Gleich anfangs stelle ich als unzweifelhaftes Prinzip fest, dass die Wiedererweckung eines wirklich Gestorbenen einzig und allein das Werk der Allmacht Gottes ist.«[539]

Und: »Weder die Engel noch die Dämonen, noch die heiligsten und von Gott begnadigsten Menschen vermögen aus eigner Macht einem wirklich Verstorbenen das Leben wiederzugeben. Sie vermögen es nur durch Gottes Kraft, welcher,

---

[538] Klaniczay, S. 89.
[539] Calmet, Augustin: Über Geistererscheinungen. Regensburg 1855. Teil II, Abhandlung über die Rückkehr der Verstorbenen, über die Excommunizirten, die Vampyre etc., S. 309.

wann er es für angemessen hält, diese Gnade ihren Gebeten und ihrer Fürsprache gewährt.«[540]

Er empfahl zwei Vorgehensweisen, wie man mit den Geschichten über Vampire umgehen sollte: »Das erste besteht darin, dass man durch physische Ursachen alle Wunder des Vampyrism erklärt, und das zweite darin, dass man die Wahrheit dieser Geschichten vollständig läugnet, und dieses letztere Mittel ist ohne Zweifel das sicherste und vernünftigste.«[541]

Auch er sah, wie Guiseppe Davanzati, Einbildung und Furcht als Grundursache des Glaubens: »(...) diese Erzählungen alleine schon beweisen, dass der vermeintliche Vampyrism nur leere Einbildung ist.«[542]

Und: »Alle Philosophen wissen recht gut, wie sehr das Volk und selbst gewisse Historiker die Dinge übertreiben, die nur ein wenig außerordentlich erscheinen.«[543]

Calmet, der von einem »epidemischen Fanatismus«[544] spricht, trug verschiedene Systeme zur Erklärung der Vampire zusammen, die er im Laufe der Debatte um Existenz oder Nichtexistenz der Blutsauger gehört hatte.

Zum einen ist von einer vorübergehenden Auferstehung die Rede, verursacht durch die Seele des Verstorbenen, die in den Körper zurückkehrt. Oder durch den Teufel. Das muss man sich mal vorstellen. Der Tote kommt kurz zurück, weil er vergessen hat, einen Scheit in den Herd zu legen oder weil er noch ein Bier trinken wollte…

---

[540] Calmet, II, S. 310.
[541] Calmet, II, S. 331.
[542] Calmet, II, S. 336.
[543] Calmet, II, S. 337.
[544] Calmet, II, S. 336.

Zum anderen gibt es die Theorie, Vampire wären nicht wirklich verstorben, sondern bewahrten sich eine gewisse Lebenskraft, und die Seelen verliehen den Körpern von Zeit zu Zeit die Kraft, den Gräbern zu entsteigen.[545]

Als dritte Erklärung führt Calmet die zu frühe Beerdigung vermeintlich toter Personen an, die er favorisierte. »In diesem Werke kann man Aufschluß erholen, wie todtgeglaubte und als solche auch begrabene Personen doch lange nach ihrem Leichenbegängnisse am Leben gefunden wurden.«[546]

Auf den folgenden Seiten führte der Geistliche mehrere Fälle von verfrühter Beerdigung an und wagte eine Übertragung auf die Vampirfälle. »Die Vampyre in Ungarn, Mähren, Polen etc. seien nicht wirklich todt, (...) die Biegsamkeit ihrer Glieder, der Schrei, welchen sie ausstoßen; wenn man ihnen das Herz oder den Kopf durchsteche, alles dieses beweise, dass sie noch leben.«[547]

Unerklärlich blieb für ihn, wie die Menschen ihre Gräber verlassen, ohne Erde zu bewegen, und warum sie in ihre Gräber zurückkehren sollten.

»Kann man behaupten, diese Leiber dringen durch die Erde, ohne sie zu öffnen, wie Wasser und Dünste (...). Es wäre zu wünschen, dass diese über die Rückkehr der Vampyre gemachten Erzählungen besser erkläret würden.«[548]

Tja, wie recht er doch hat!

Ähnlich verfuhr er bei der konkreten Begebenheit 1725 in Kisolova, zu der er ebenfalls unterschiedliche Erklärungsversuche anderer Schriftsteller wiedergibt und einen Eindruck

---

[545] Calmet, II, S. 384.
[546] Calmet, II, S. 385.
[547] Calmet, II, S. 396.
[548] Calmet, II, S. 414.

von der Vielfalt der Ansichten vermittelt, als da wären: Wunder, erregte Phantasie oder »starkes Vorurtheil«, keine echten Toten, die auf natürliche Weise auf andere Körper einwirkten, oder Teufelswerk.[549]

Schuld sind aber auch: Tiere, die die Körper der Toten fressen, oder Striges.

Andere von ihm angeführte Autoren behaupten, es seien in erster Linie Frauen, die sich bevorzugt und besonders zu Pestzeiten in Vampire verwandeln würden.

Verantwortlich werden von den nicht näher genannten Autoren auch die Lebensumstände, die schlechte Nahrung und das Klima in Schlesien, Ungarn und Mähren gemacht.

Nicht zu vergessen: Furcht und Einbildung.[550]

Einen Restzweifel an der Theorie, alles mit bloßer Phantasie der Menschen erklären zu wollen, hegte Calmet trotz allem.

»Unmöglich können mehrere Personen plötzlich glauben, das zu sehen, was nicht ist, und in so kurzer Zeit an einer Krankheit bloßer Einbildung sterben, die ihnen offenbart hätte, ein solcher Vampyr sei unversehrt in seinem Grabe, voll Blut, und lebe noch gewissermaßen nach seinem Tode?«[551]

Trotzdem blieb er seiner Linie treu und erklärte: »So zweifle ich nicht, dass man in dieser Frage nichts Anderes zu thun hat, als die Rückkehr dieser Vampyre unbedingt zu läugnen oder zu glauben, sie seien nur eingeschlafen oder erstarrt.«[552]

Erstarrt?

---

[549] Calmet, II, S. 400.
[550] Calmet, II, S. 401.
[551] Calmet, II, S. 402.
[552] Calmet, II, S. 419.

Jawohl, *erstarrt*.

Damit griff er auf die abenteuerliche These zurück, dass Menschen, wie Frösche und Lurche, unter besonderen Umständen wie Krankheit oder Unfall in eine Art Winterstarre verfallen könnten und sie durch Wärme zurück ins Leben kämen. Weil sie eben nicht wirklich tot seien, wüchsen ihre Haare, Nägel und die Haut weiter.[553] Kryogenik, würde man heute sagen: Tieftemperaturtechnik. Menschen lassen sich im 21. Jahrhundert tiefgefrieren und hoffen, in einer fernen Zukunft erweckt zu werden.

Sein Resümee lautete daher kirchentreu folgerichtig:

»Wir haben gezeigt, dass die Vampyre in Ungarn, Polen, Schlesien etc (...) nur Täuschung und Folge einer von Vorurtheilen eingenommenen Einbildungskraft ist. Man kann keinen vernünftigen, ernsten, vorurtheilsfreien Zeugen anführen, welcher auszusagen vermöchte, diese Vampyre kaltblütig gesehen, berührt, gefragt, untersucht zu haben, oder welcher die Wirklichkeit ihrer Rückkehr und die ihnen zugeschriebenen Wirkungen bestätigen möchte.«[554]

Einen ganz massiven Vorwurf richtete er abschließend gegen die Staatsgewalt: »(...); aber Staunen erregt es, dass die weltliche Macht und Obrigkeit von ihrer Autorität und der Strenge der Gesetze zur Unterdrückung derselben [gemeint sind Vampirexekutionen, Anm. d. A.] keinen Gebrauch macht.«[555]

Weg von Calmets Statements und zurück in die harte Welt des 18. Jahrhunderts. Zu den Vampiren und der Bevölkerung.

---

[553] Calmet, II, S. 412.
[554] Calmet, II, S. 432.
[555] Calmet, II, S. 437.

Zwar nahm die Debatte ein fast ebenso schnelles Ende wie sie begann, doch galt dies nicht für den Vampirglauben in der Bevölkerung der betroffenen Gebiete.

Die Hinrichtung von vermeintlichen Blutsaugern ging ungeachtet der wissenschaftlichen und akademischen, theologischen und medizinischen Proteste weiter.

Ist ja auch kein Wunder. Wer von den einfachen Menschen ahnte überhaupt etwas von dem wissenschaftlichen Kampf im Westen um die Vampire?

Neben den Exekutionen im mährischen Raum erreichte die Habsburger Obrigkeit in Wien 1753 jeweils ein Vampirfall aus dem Siebenbürger und Banater Gebiet; einmal am 28. Februar aus Kapnick[556], dann am 23. März aus Temesvar.[557] Die breite öffentliche Diskussion war zu diesem Zeitpunkt längst verstummt.

Calmets Forderung bezüglich des Eingreifens der Obrigkeit sollte sich erfüllen, wenn auch erst etwas später.

Den Ausschlag dazu gaben Vampirexekutionen im Bistum Olmütz.

Am 30. Januar 1755 erreichte den Wiener Hof die Nachricht von der Exhumierung und Hinrichtung der Vampirin Rosa Polakin, angeordnet vom Bischöflichen Konsistorium Olmütz.

Es stellte sich heraus, dass diese Einrichtung bereits am 23. April 1731 zur Regierungszeit Schrattenbachs neun Vampire hatte verbrennen lassen, darunter sieben Kinder.

Kaiserin Maria Theresia schickte Christian Wabst, erster Leibarzt der kaiserlich-königlichen Armee, und Johannes

---

[556] Hamberger, S. 88.
[557] Hamberger, S. 92.

Gasser, Professor der Anatomie, nach Olmütz, um den Skandal und die in der Zwischenzeit durchgeführten Vampirexekutionen zu untersuchen.

Gerhard Van Swieten, Ratgeber der Kaiserin, schrieb rückblickend:

»(…) haben diese zween vorhergedachte Männer durch ihre Gelehrtheit endlich eingesehen, dass der ganze Lärm von nichts andern herkömme, als von einer eitlen Furcht, von einer aberglaubischen Leichtgläubigkeit, von einer dunklen und bewegten Phantasey, Einfalt und Unwissenheit bei jenem Volke.«[558]

Die Monarchin zeigte sich im Vergleich zum ersten Auftauchen des Vampirphänomens nicht neugierig-interessiert an dem Vorfall, sondern eher erzürnt über das Handeln der »weniger erleuchteten, desto mehr gefährlicheren Geistlichen«[559] und das unprofessionelle Vorgehen.

Heute würde man sagen: »She is not amused.«

Auf Anraten Van Swietens und gestützt auf das Protokoll ihrer Ärzte, erließ sie am 1. März 1755 eine königliche Verordnung, die einen Rundumschlag gegen den Aberglauben der »magia posthuma« bedeutet:

»(…) Wie zumahlen aber hierunter mehrentheils Aberglauben und Betrug stecken, und wie dergleichen sündliche Mußbräuche in unseren Staaten künfftighin keineswegs zu gestatten, sondern vielmehr mit denen empfindlichsten Straffen anzusehen gemeynet seyn, alß ist unser gnädigster Befehl, dass künftig in allen derley Sachen von der Geistlichkeit ohne

---

[558] Swieten, Gerard Van: Abhandlung des Daseyns der Gespenster, nebst einem Anhange von Vampyrismus. Augsburg 1768, Anhang vom Vampirismus, Vorrede, zitiert nach Hamberger, S. 84.
[559] Ebda., Hamberger, S. 84.

Concurrenz des Politici nichts vorgenohmen, sondern allemahl, wann ein solcher Casus eines Gespenstes, Hexerey, Schatz-Graben, oder eines angeblich vom Teüffel Besessenen vorkommen sollte, derselbe der politischen Instanz soforth angezeiget, mithin von dieser mit Beyziehung eines vernünfftigen Physici die Sache untersuchet, und eingesehen werden solle, ob, und was für Betrug darunter verborgen, und wie sodann die Betrüger zu Bestraffen seyn werden. (...)«[560]

Mit dem Banater Regimentschirurgen Georg Tallar und seinem handschriftlich 1766 verfassten »Visum repertum anatomico-chyrurgicum« wurde das Vampirphänomen im 18. Jahrhundert noch einmal analytisch angegangen.

Tallar selbst war über dreißig Jahre hinweg im Raum Banat, Siebenbürgen und Kleine Walachei zweimal als Zeuge und dreimal als amtlich beauftragter Visitator in Sachen »Vampyri« tätig.

Er befragte Erkrankte, lieferte als Erster einen zuverlässigen, medizinisch-detaillierten Bericht über Aussehen sowie den Verlauf der Krankheit und entwickelte eine Fastenkur, die oftmals zum Erfolg führte.[561]

Auch der Oberste Hirte der Kirche hatte schließlich keine Lust mehr auf Vampire.

Papst Bendedikt XIV. antwortete auf die Anfrage eines polnischen Erzbischofs, wie man denn mit den polnischen Vampiren zu verfahren habe, äußerst scharf.

Er verurteilte den Aberglauben, in dem er vor allem auf die Erkenntnis Van Swietens verwies. Bendedikt sah den wahren

---

[560] Erlass Maria Theresias (1.3.1755), zitiert nach d'Elvert, Christian: Das Zauber- und Hexenwesen. Brünn 1859, S. 119/120.
[561] Tallar, Georg: Visum repertum anatomico-chyrurgicum. Wien 1784.

Grund für den Aberglauben darin, dass Priester Geld mit dem Vampirexorzismus beim leichtgläubigen Volk verdienen wollten. Diese Geistlichen seien ohne Rücksicht auf ihr Ansehen sofort des Amtes zu entheben.[562] Außerdem habe er in seiner Kanonisierung von Heiligen 1752 bereits von der Nichtigkeit des Vampirglaubens gesprochen.

Ein päpstliches *Basta!*

Ohne Vampire ging es dennoch nicht, trotz des Verbotes.

Nachdem die wissenschaftliche Welt sich nicht mehr um die Vampire kümmerte, wurde das Bild des Blutsaugers von einer anderen Seite aufgegriffen: Die Mitte des 18. Jahrhunderts erstarkende Aufklärung machte sich die Vorstellung des Vampirs im übertragenen Sinne zunutze. Im Zentrum der sogenannten Aufklärungsphilosophie standen eine Abkehr von einer mystisch-spekulativen Tradition und der Glaube an die Kraft des menschlichen Geistes. Umso lustiger ist es, dass sie eine Legendengestalt für ihre Vergleiche heranzogen.

Voltaire verwendete sie um 1770, um Sozial- und Kirchenkritik zu üben. »Weder in London noch in Paris war von Vampiren die Rede. Ich gestehe, dass es in diesen beiden Städten Börsenspekulanten, Händler, Geschäftsleute gibt, die eine Menge Blut aus dem Volk heraussaugen, aber diese Herren sind überhaupt nicht tot, allerdings ziemlich angefault. Diese wahren Sauger wohnen nicht auf Friedhöfen, sondern in wesentlich angenehmeren Palästen.«[563]

Mit einem Blick auf die Kirche schrieb er: »Sie [Vampire,

---

[562] Cariaccoli, Louis Antoine: La vie du Pape Benoit XIV. Paris 1783, S. 192.
[563] Voltaire, François: Vampire. Übersetzt von Klaus Völker nach der Ausgabe des Dictionnaire Philosophique in Oeuvres Complètes, Band 37–43, Kehl 1785, zitiert nach Sturm/Völker, S. 44.

Anm. d. A.] erinnerten an die alten Märtyrer; je mehr man verbrannte, desto mehr tauchten auf.«[564] Und noch schärfer, eindeutiger formulierte er: »Die wirklichen Vampire sind die Mönche, die auf Kosten der Könige und des Volkes essen.«[565]

Carl von Knoblauch zu Hatzbach bemerkte 1791 mit ähnlichen Worten wie Voltaire: »Zu London und Paris gab es keine andere, als lebende Blutsauger, welche aber nicht auf Gottesäckern, sondern in Palästen wohnen.«[566]

3. Nachfolgende Vampirerscheinungen

Schön, dass sich die westliche Wissenschaft nicht mehr um sie kümmerte.

Dennoch wurde weiter an sie geglaubt.

Wie gesagt, in den Zwanziger- bis Vierzigerjahren war die Zahl der Vampirexekutionen in Mähren und Schlesien hoch. Wo Angst herrscht, kann Rationalität wenig ausrichten.

Wissenschaftliche Erklärungen drangen zu den einfachen Schichten der Landbevölkerung verständlicherweise nicht durch. Die Hinrichtung verdächtiger Leichen wurde gehandhabt wie bisher. Zwar sorgte der rigorose Erlass Maria Theresias für eine allmähliche Eindämmung. Trotzdem hielten sich die Blutsauger beharrlich in der Vorstellung, wenn die Ereignisse auch nicht mehr von der öffentlichen Panik begleitet wurden.

---

[564] Ebda.; Sturm/Völker, S. 45.
[565] Ebda.; Sturm/Völker, S. 47.
[566] Meil, W.: Taschenbuch für Aufklärer und Nichtaufklärer. Berlin 1791, zitiert nach Sturm/Völker, S. 48.

Schauen wir uns doch mal um.

In Rumänien brach um 1800 eine Vampirepidemie aus, bei der die Menschen in der Walachei einmal mehr die verdächtigen Leichen ausgruben und sie als »Vracolaci« behandelten. Die Geistlichen wurden angewiesen, den Körper nicht sofort zu verbrennen, sondern die Leute zu lehren, wie man nach dem formellen Kanon der Kirche vorzugehen habe.[567]

In Illyrien starb 1816 ein junges Mädchen aus Angst, weil sie glaubte, einem Vampir verfallen zu sein; 1820 wurden mehrere Leichen in Preußen wegen Vampirverdacht geköpft.[568]

Als 1855 in Danzig die Cholera grassierte, wurde das Gerücht von als Vampire zurückkehrenden Toten verbreitet, die verantwortlich für den Ausbruch der Epidemie sein sollten.[569]

Dr. Franz Hartmann präsentierte in der Zeitschrift »Borderland« 1895 mehrere Vampirfälle, die sich 1895 und 1888 zugetragen haben sollen.[570]

Dr. Tudor Panfile sammelte zahlreiche Vampirfälle, die sich 1880 und danach in Rumänien zugetragen hatten, und veröffentlichte sie 1914 in Band VII der periodisch erscheinenden »Ion Creanda«.

1899 gruben rumänische Bauern in Krassova dreißig Leichen aus und zerstückelten sie, um die Ausbreitung einer Diphtherie-Epidemie zu verhindern.[571]

Beispiele aus Russland, Rumänien und Preußen zeigt Hellwig in seinem Buch »Verbrechen und Aberglaube« auf.

---

[567] Summers (1928), S. 313.
[568] Hock, S. 41.
[569] Summers (1928), S. 160.
[570] Summers (1928), S. 163 und 166.
[571] Hock, S. 42.

Im August 1892 wurde im damaligen russischen Gouvernement Kowno der Leichnam einer Bäuerin gefunden, die sich erhängt hatte. Da der Pfarrer sich weigerte, die Glocken zu läuten und somit die Seele auf ihren Weg ins Paradies zu leiten, fürchteten die Söhne um die ewige Ruhe ihrer Mutter – und schlugen ihr den Kopf ab, den sie ihr im Sarg zwischen die Füße legten.

1893 wurde im damaligen russischen Gouvernement Pensa das Grab einer angeblichen Hexe geöffnet, der Leichnam gepfählt und wieder eingegraben. Das Gericht ging der Sache nach und überführte nicht weniger als zwölf Männer als Tatbeteiligte, die auf Geheiß der Dorfversammlung agiert hatten. Die Dörfler wollten mit der Vernichtung des Vampirs, der als Schuldiger für sie infrage kam, einer grassierenden ansteckenden Krankheit Einhalt gebieten. Das Gericht verurteilte sie zu einem Monat Arrest.

Ähnliche Fälle wurden aus Ungarn berichtet.

Der neunzehnjährige Bauernbursche T. Kapeczan starb im Dorf Pecs an Lungentuberkulose; als Gerüchte über einen unnatürlichen Tod des Mannes aufkamen, ließen die Behörden den Toten exhumieren: Sein Körper, Herz, Gliedmaßen und der Kopf waren mit 25 Zentimeter langen Nägeln in den Sarg genagelt, der Kopf war unter der Wucht der Schläge vollständig zertrümmert worden. Die Tat gestanden Mutter und Bruder des Verstorbenen, die die Rückkehr des Toten verhindern wollten. Eine Obduktion ergab, dass der Bursche tatsächlich durch Lungentuberkulose gestorben war. Die Beschuldigten verschwanden für Jahre im Gefängnis.

1903 starb in Adbrudbanya eine alte Frau, die bei der rumänischen Bevölkerung im Ruf stand, eine Hexe zu sein. Um die Rückkehr als Vampir zu verhindern, wurde das Herz der Toten mit einem glühenden Spieß durchbohrt (der sogenannte

»Herzstich«), die Mundhöhle mit Hufnägeln und kleinen Eisenspänen gefüllt, die Leiche schließlich mit dem Kopf nach unten in den Sarg gelegt und beerdigt. Die Behörden leiteten erst hinterher eine Untersuchung gegen die Beteiligten ein.

Noch ein Fall aus Pommern mit besonderem Übelkeitseffekt.

Ein uneheliches, noch nicht ein Jahr altes Kind starb auf unerklärliche Weise, kurze Zeit darauf auch die Mutter. Kaum war sie begraben, erkrankte ihre Schwester, die im selben Haus gewohnt hatte.

Der einberufene Familienrat war der Meinung, dass das verstorbene uneheliche Kind ein Vampir gewesen sein musste. Um von ihm nicht nachgezogen zu werden, beschloss man auf Anraten des Großvaters die Unschädlichmachung des untoten Kindes.

Drei männliche Familienmitglieder begaben sich nachts auf den Friedhof, öffneten den Sarg und trennten der Kinderleiche den Kopf ab. Die dabei austretende Flüssigkeit wurde zum Teil aufgefangen und mitgenommen.

Die stinkende Flüssigkeit wurde der immer noch schwerkranken Tante eingeflößt – und sie genas! Die Familie sah sich in ihrer Vampir-Meinung bestätigt und erzählte stolz von der Wirkung des Mittels, wodurch die Behörden auf den Plan gerufen wurden.

1905 berichtete laut Hellwig eine odessische Zeitung vom Tod eines russischen Dorfpriesters auf der Krim: Das Volk war der Meinung, dass die Seele eines verstorbenen Zauberers wütend sei und deshalb eine Dürre über das Dorf gebracht habe. Das Dorf wollte den Zauberer versöhnen, indem seine Gebeine um Mitternacht ausgegraben und diese feierlich vom Dorfpopen mit Weihwasser gesegnet werden sollten.

So zog Sonntagnacht eine Prozession im Fackelschein und

Lieder singend zum Friedhof, grub die Leiche aus und setzte sie aufrecht an einen Baum, um den fünfzig Bauern in einem seltsamen Tanz umherhüpften.

Plötzlich tauchte Vater Konstantin auf, der Dorfpope, verfluchte ihren Aberglauben und weigerte sich, bei dem heidnischen Spiel mitzumachen. Die Menge ergriff den Priester, warf ihn in die Grube, die Leiche hinterher, und schippte das Loch über dem noch lebenden Geistlichen zu.

Als am nächsten Tag Polizeikommissare den Hügel abtrugen, fanden sie nur den toten Konstantin, der an Luftmangel zugrunde gegangen war...

Abschließend schreibt Hellwig: »Diese wenigen Fälle, die sich leicht um das Zehnfache vermehren ließen, müssen zum Nachweis genügen, dass der Vampirglaube auch für den modernen Kriminalisten noch von praktischer Bedeutung werden kann.«[572]

4. Erklärungsversuche des 19. und 20. Jahrhunderts

Kommen wir weiter zur Moderne und deren Versuchen, Vampire zu erklären. Denn ganz eingebüßt hatte der Vampirismus seine Faszination nicht.

In »Vampirismus und romantische Gattung« schreibt Charles Nodier 1820: »In der Tat ist der Vampirismus wahrscheinlich eine ziemlich natürliche, aber glücklicherweise seltene Verquickung von Somnambulismus und cochemar. Unter den vielen Unglücklichen, die an dieser letzten Krank-

---

[572] Hellwig, S. 27.

heit leiden, gibt es viele, wenigstens in den Fällen, die ich beobachten konnte, deren Anfälle einer Vampirismusszene ähneln.«[573]

Unter »cochemar« versteht Nodier das krankhafte Verlangen Lebender, das Blut anderer zu trinken. In Verbindung mit Schlafwandelei sei die Legende vom Vampir schnell geboren.

Um 1840 versuchte sich Josef von Görres an einer Erklärung.

Seiner Meinung nach war die Seele mit dem Tod des Menschen zwar aus dem Körper entwichen, zurückgeblieben wären allerdings die Elementargeister.

»Aber diese Letzteren sind mit dem übrigen organischen Apparate zurückgeblieben und haben im vorliegenden Falle die ihnen einwohnenden niederen, physisch-plastischen Lebenskräfte noch theilweise zurückbehalten, und die nun sind es, die hier die wundersam befremdliche Erscheinung wirken.«[574]

Blut und Gefäße sind nach der Vorstellung Görres belebt durch das Vegetabilische: Die Elementargeister verhinderten das Gerinnen des Blutes, das in erkalteter Form wie Pflanzensaft aufsteigt und niedersinkt. Durch die Feuchtigkeit des Grabes vermehre sich zudem das Blut.

Tatsächlich stritt Görres die Existenz der Vampire nicht ab, sondern stellte die Theorie auf, dass der Vampir den »Nervengeist«, das Seelenhafte seiner Opfer absauge, weil ihm diese Komponente am meisten fehle. »Darum ist das Gefühl des

---

[573] Nodier, Charles: Vampirismus und romantische Gattung. Aus: Mélanges de littérature et de critique. Tome I, Paris 1820, zitiert nach Sturm/Völker, S. 50.

[574] Görres, Josef von: Über Vampyre und Vampyrisierte. In: Christliche Mystik. Regensburg 1840, zitiert nach Sturm/Völker, S. 54.

Saugens zugleich auch mit allen Gefühlen begleitet, die das Alpdrücken zu bezeichnen pflegen.«[575]

Der Tod der Opfer wird durch den Vampir herbeigeführt, da dessen »cadavrösen, giftig gesteigerten Lebenskräfte einen Ansteckungsstoff« produzieren, der durch die Erde dringt und die Nervenaura der Menschen manipuliert, um sie zu der eines Vampirs umzugestalten, womit Görres die Ausbreitung des Vampirismus erklärt.[576] Vergleicht man seine Ansicht mit derjenigen der preußischen Universitätsprofessoren zuvor, ahnt man, wie wenig medizinisch-sachlich Görres ist.

1862 verkündete Hertz, dass an dem eingebildeten Schreckgespenst im Grunde nichts Neues und Besonderes sei: »Der Glaube an Vampyre ist die specifisch slavische Form des allgemeinen Gespensterglaubens, der so alt ist wie das Begraben der Todten. Völker, die ihre Todten verbrennen, kennen keine eigentlichen Leichengespenster.«[577]

Echte Ursachenforschung betreibt er – wie die meisten – nicht.

Hock sah um 1900 die wahre Ursache des Vampirphänomens im Ausbruch einer neuen Krankheit, die sich vom Nutzvieh auf den Menschen übertrug:

»(...) dass um jene Zeit in Europa eine neue Tierkrankheit bekannt wurde, welche, auf den Menschen übertragen, in ihren Symptomen vollkommen den Schilderungen von den Kranken in Medwegya entspricht.«[578]

Er verdächtigte die Rinderpest als Schuldige, die, unter Berufung auf ein pathologisches Werk, nach seiner Ansicht

---

[575] Ebda., Sturm/Völker, S. 56.
[576] Ebda., Sturm/Völker, S. 57.
[577] Hertz, S. 126.
[578] Hock, S. 49.

1726 erneut heftig aufgetreten war und bis 1734 einen großen Teil der Viehbestände in Polen sowie Ungarn vernichtete.[579] Gemeint war von Hock wohl die hochgradig ansteckende Rindertuberkolose, die dem Menschen durchaus gefährlich werden kann.

Havekost beteiligte sich 1914 an der vielfach geäußerten und immer wieder aufgegriffenen Theorie der Scheintoten. »Wegen der flachen Einsargung war es für einen Scheintoten wohl möglich, sich aus der Erde oder dem Steinhaufen herauszuarbeiten und bei den Menschen wieder zu erscheinen.«[580]

Scheintote, die sich nicht befreien konnten, in ihrem Überlebenswillen sich selbst aufaßen, auf der Suche nach einem Ausweg die Position im Sarg veränderten und im Todeskampf oder vor Angst ihr Leichentuch zerrissen, stärkten Havekosts Meinung über den Glauben des Weiterlebens der Toten im Grab.[581]

Summers brachte den Vampirglauben mit Katalepsie und ebenfalls der Beerdigung von Scheintoten in Verbindung.

Sein Urteil lautete daher: »I think that cases of catalepsy, or suspended animation, which resulted in premature burial may have helped to reinforce the tradition of the vampire and the phenomenon of vampirism.«[582]

Er verweist auf Studien von Hartmann, der siebenhundert Beerdigungen von Scheintoten nachwies, und William Tebb.

---

[579] Hock, S. 49.
[580] Havekost, S. 22.
[581] Havekost, S. 22.
[582] »Meiner Ansicht nach dürften Fälle von Katalepsie oder Scheintod, die zu einem verfrühten Begraben führten, dazu beigetragen haben, die Vampir-Überlieferung und das Vampirismus-Phänomen zu verstärken.« Summers (1928), S. 34.

Tebb sammelte zweihundertneunzehn medizinische Quellen, die von der glücklichen, aber knappen Flucht von Scheintoten aus dem Grab berichten, sowie einhundertneunundvierzig Quellen über nicht gelungene Fluchtversuche.[583]

Die alleinige Ursache für den Vampirglauben sieht er aber nicht darin, sondern vermutet, »that the tradition goes far deeper and contains far more dark and scatheful reality than this.«[584]

Ha! Wenigstens einer, der das Unheimliche nicht abstreitet!

Jetzt wird es noch einmal lustig:

Summers – ein eingeschworener Okkultist und geboren 1880 – behauptet in seinem Buch, dass es echte und außerdem sogenannte »Psychische Vampire« gäbe. Sie ernährten sich nicht vom Blut ihrer Opfer, sondern sorgten für Erschöpfung und riefen mentale Verwirrung hervor.[585]

Als Erklärung, wie die blutsaugenden Vampire durch die »Kamine«, die Löcher neben den Gräbern, ihre Gräber verlassen könnten, stützt er sich auf die Theorie, dass manche Menschen sich in Energie wandeln könnten, das sogenannte Ektoplasma. In der Form reisten sie an einen anderen Ort, um dort wieder ihre ursprüngliche Gestalt anzunehmen.[586] Magisches Beamen?

Und als wären seine Erklärungen nicht seltsam genug, erinnert er daran, dass viele Vampire zu Lebzeiten der schwarzen Magie kundig waren.[587] Schon klar …

---

[583] Summers (1928), S. 39 und 45.
[584] »dass die Überlieferung viel tiefer geht und weit mehr an düsterer, grausiger Realität enthält als dies.« Summers (1928), S. 48.
[585] Summers (1928), S. 134.
[586] Summers (1928), S. 194.
[587] Summers (1928), S. 195.

Summers, ein Kind seiner Zeit, glaubte entweder tatsächlich an die Existenz der Vampire oder er wollte sich mit seinen Büchern über alle lustig machen, die sich ernsthaft mit dem Phänomen beschäftigten. Was aber nicht sehr wahrscheinlich ist.

Immerhin warnt er als Vampirkenner sogar seine Mitmenschen: »It certainly seems a possibility, and something more than a possibility, that vampiric entities may be on the watch and active to avail themselves of the chances to use the ectoplasmic emanations of mediums at séances, and this certainly constitutes a very formidable danger. It is even a fact that if a person who (…) possesses the natural qualities of a materializing medium, is placed in certain nocious circumstances (…) a vampirish entity may temporarily utilize his vitality to attempt a partial materialization.«[588]

Barber wies 1941 auf die Porphyrie-Theorie hin, die manche Gelehrten zur Erklärung heranziehen, verwirft sie aber.[589] Porphyrie ist eine Stoffwechselerkrankung und kommt in verschiedenen Erscheinungsbildern daher. Gerade die Haut-Porphyrie mit extremer Lichtempfindlichkeit und einhergehender Zerstörung der Haut erinnert durchaus an manche Darstellungen von zerfallenden Vampiren.

Die sogenannten »Kamine« erklärt er mit den Grabungs-

---

[588] »Es erscheint durchaus möglich oder sogar mehr als möglich, dass Vampir-Wesen auf der Lauer liegen und alles unternehmen, um sich des Ektoplasmas zu bemächtigen, das ein Medium bei Séancen verströmt, und dies stellt unzweifelhaft eine außerordentliche Gefahr dar. Tatsache ist, dass eine Person, welche (…) die natürlichen Eigenschaften eines in Umwandlung begriffenen Mediums besitzt, unter bestimmten schädlichen Umständen (…) damit rechnen muss, dass ihre Lebensenergie vorübergehend von einem Vampirwesen zu dem Versuch benutzt wird, sich teilweise zu materialisieren.« Summers (1928), S. 197.

[589] Barber, S. 99.

versuchen von Hunden oder anderen Aasfressern, die durch den Verwesungsgeruch angelockt und nur durch den Sarg in ihrem Hunger gebremst würden. Füllten ängstliche Menschen das Loch, grub es der Hund wieder auf, wodurch sich die Menschen wiederum in ihrer Angst bestätigt sahen.[590] Ein Teufelskreis.

In den Geräuschen aus den Gräbern sieht er einen völlig natürlichen Vorgang: Verwesungsgase blähten den Körper auf und brächten die Leiche zum Platzen.[591] Lecker.

Dass viele Tote als unverwest angesehen wurden, es aber in Wirklichkeit nicht waren, führt er darauf zurück, dass die Zersetzung der Leiche von innen begann, während nach außen hin die Körper nicht wesentlich verändert wirkten.[592]

Weshalb Menschen Tote außerhalb ihrer Gräber fanden und dachten, es handele sich um einen Vampir, der nicht mehr rechtzeitig in sein Grab zurückkehren konnte, erklärt Barber mit einer Unzahl von Gründen. Darunter unter anderem Grabräuber, Tiere, Erosion. Oder die Leiche wurde an die Oberfläche gespült, entweder durch einen steigenden Wasserspiegel oder eine Überschwemmung.[593]

Generell ist die Meinung, dass die Beerdigung von Scheintoten verantwortlich für die Entstehung und Verbreitung des Vampirglaubens war, weit verbreitet.[594]

Ich hatte angedeutet, warum ich es für logisch halte. Ich

---

[590] Barber, S. 125.
[591] Barber, S. 127.
[592] Barber, S. 130.
[593] Barber, S. 137.
[594] MacKenzie, S. 101.

würde mich auch mit Händen und Füßen wehren, wenn man mich nach meiner Rettung umbringen wollte!

Die panische Furcht vor dem Scheintod hat die Menschen zu oftmals absonderlichen Vorsichtsmaßnahmen greifen lassen. So hinterließ der königlich bayrische Appellationsrat Johann Baptist Schmidt 1871 seiner Heimatstadt Passau eine Stiftung, aus der den Totengräbern oder Leichenwärtern eine Prämie bezahlt werden soll, wenn sie einen Scheintoten vor dem Sarg retten.

Doch so weit zurückgehen muss man gar nicht. Noch um 1950 gab es in manchen deutschen Leichenhäusern sogenannte Scheintod-Klingeln. Den Toten wurde ein Klingelzug um die Hand gebunden, und bei der leisesten Bewegung des Leichnams ertönte ein Glöckchen. Huh, da war bestimmt Stimmung im Haus, wenn das Glöckchen ging, aber der Patient keinen Puls hatte. Und sich erhob.

Skurril: Erfinder aus Amerika und England ersannen »Sauerstoff-Gräber« mit einem Sauerstoff-Vorrat für zweiundsiebzig Stunden. Wahlweise gab es »Signal-Särge«. Bei Bedienung eines Hebels im Sarginnern ertönte ein Alarmzeichen, oder eine Notfahne entfaltete sich über dem Grab.[595]

Um dem Klischee des Horror-/Dunkle Spannung-/Urban Fantasy-Autors nicht gerecht zu werden, verkünde ich deutlich: Ich glaube nicht an Vampire!

Schade, ich weiß. Ich schlage mich nicht auf die Seite der Verschwörungsfreunde.

Dass verschiedene Faktoren Hand in Hand gegangen sind, ist klar. Unbekannte beziehungsweise unerkannte Krankhei-

---

[595] Der Spiegel, Ausgabe 48/1967, S. 177.

ten stehen auf der Liste ganz oben, seien es nun Milzbrand, Tollwut, Tuberkulose und andere ansteckende Leiden. Kombiniert man diese Krankheiten mit Menschen, die körperlich auffällig sind, meinetwegen unter verschiedenen Arten der Porphyrie oder Anämie leiden, sind Legenden schon so gut wie geboren.

Ich für meinen Teil halte Porphyrie schon für ein gutes Argument. Die Betroffenen reagieren auf Licht und Sonne übersensibel, es kann zu Verbrennungen der Haut und des Gewebes kommen.

Abgesehen von der Porphyrie gibt es genügend andere Stoffwechselkrankheiten, die einem Menschen schnell ein monströses Äußeres verleihen. Im 18. Jahrhundert, ohne breite medizinische Erkenntnisse, kann aus einem Kranken schon mal ein Vampir werden. Vor allem in den Augen einer abergläubischen Bevölkerung.

Kapitel V
Nachschlag

Das war es zum Thema Vampire.

Fast.

Zeit für ein Fazit und einen kleinen Nachschlag.

Es ist klar geworden, dass das Phänomen Vampirismus bereits vor dem Treiben der Vampire in Medvegia auf dem Balkan zu finden war – allerdings nicht die Aufmerksamkeit des übrigen Europas hatte, wie es nach 1732 der Fall sein sollte.

Die Vorstellung eines blutsaugenden Wesens war den Menschen mit Sicherheit bekannt. Das spezielle Bild des Untoten mit dem speziellen Namen und dem speziellen Verhalten entstand konkret im 18. Jahrhundert durch die Diskussion in Westeuropa oder verdichtete sich daraufhin in der Form.

Einen sich immer gleich verhaltenden Vampir gibt es in der Folklore des Balkans und Ostens nicht. Das Gebaren der Schreckgestalt variiert in manchen Fällen sogar von Dorf zu Dorf.

Was den Vampir so gefährlich, erschreckend und stark macht, ist seine Wandlungsfähigkeit in eine beliebige Form, vom kleinsten Tier bis zum Heuschober. Sogar Unsichtbarkeit wird ihm nachgesagt.

Er ist mysteriös, er attackiert im Verborgenen, es existieren selten Zeugen, die ihn bei seinem Tun beobachtet haben. Lediglich die Aussagen der Betroffenen machen den Vampir sichtbar.

Der Blutsauger erscheint äußerst schweigsam und ist für

die anderen Menschen meist erst im Moment seiner Entdeckung im Grab real und angreifbar.

Nicht minder Furcht einflößend: Der Vampir bringt im 18. Jahrhundert den Tod, und zwar den massenhaften Tod in Form von Hungersnöten und Seuchen, die er verbreitet. Mit der Pest wird er in einem Atemzug genannt.

Und dieser grausamen Gestalt steht eine meistens hilflose, verängstigte Bevölkerung gegenüber, die in ihren kargen Hütten haust.

Nächtliche Dunkelheit, kaum verdrängt durch den Schein von rußenden Trankerzen, und die Menschen lauschen ängstlich auf Geräusche und hoffen, dass der Vampir nicht zu ihnen kommt.

Denn wenn er zuschlägt, ist er so gut wie unangreifbar. Er wird immer nur im Grab gestellt.

Der Vampir liebt das Geheimnis.

Woher der Vampirglaube nun genau kommt, ist in der Forschung bis heute ebenso unklar wie die Entstehung des Wortes.

Tatsächlich setzt sich der Glaube wohl aus alten, bekannten Schreckensgestalten zusammen, wobei sich Ähnlichkeiten bis in die Antike finden lassen, und weist eine direkte Verwandtschaft zum Glauben an Hexe und Werwolf auf.

Sein Hauptsitz liegt in den serbischen Gebieten, und er taucht unter anderen Namen wie »strigon«, »upiercz« oder »vrukulak« bis hin zu »Gespenst« auf. Ohne ein klassischer Spuk zu sein, kommt er auf dem gesamten Balkan vor.

Das deutsche Äquivalent mit dem speziellen Verhalten des Schmatzens in den Gräbern nennt sich »Nachzehrer«.

Interessanterweise scheint in Deutschland die westeuropäische Grenze für den ausgeprägten Vampirglauben zu liegen. In Frankreich, Spanien, Portugal und Italien wird das Phänomen zwar bekannt, eigene Beispiele werden aus diesen Ländern aber nicht in großem Ausmaß überliefert. In England ist die Sage durchaus vorhanden, »eingeschleppt« über Skandinavien[596], erlangt aber nicht solche Dimensionen wie im Osten.

Dass der Vampir sich so hartnäckig halten konnte, geht zu einem nicht geringen Anteil auf katholische und orthodoxe Kirchenlehren und das Verhalten des Klerus zurück. Verdammt wurden alle, die gegen die Gebote der Kirche leben – bei näherer Betrachtung ein recht großer Personenkreis, der als potenzieller Vampir infrage kommt. Dazu kamen Selbstmörder, Ungetaufte oder Prostituierte.

Die Kirchen erweiterten das Spektrum möglicher Kandidaten damit zusätzlich zum herkömmlichen Volksglauben. Hinzu gesellte sich auch die vom Papst bemängelte Tatsache, dass sich der Kleinklerus vom Popen bis zum Pfarrer den Exorzismus eines Vampirs bezahlen ließ und damit eine gute Einnahmequelle zur Verfügung hatte.

Vertraute das Volk weder dem einen noch dem anderen, griff es auf Zauberer oder andere »Spezialisten«, wie die Dhampire zurück, die das Übel vom Dorf abwenden sollten.

Auch diese »Spezialisten« dürften ein Interesse daran gehabt haben, die Angst vor Vampiren aufrechtzuerhalten. Keine Vampire, kein Geld.

Dazu kommt ein Aspekt, auf den vor allem die neuere Forschung hinweist: Der Vampir wurde als Sündenbock missbraucht. Verwitwete Frauen beispielsweise, die durch ihren Liebhaber schwanger wurden, gaben einfach vor, von ihrem

---

[596] Havekost, S. 54.

toten Mann in Form eines Vampirs heimgesucht worden zu sein, um das Kind zu erklären. War der Tote vielleicht durch die Wirkstoffe eines von der Dame beigebrachten Giftes tatsächlich unverwest, schien der Tatbestand »Vampirenstand« erfüllt.[597] Lieber vom Vampir besucht, als unzüchtiges Verhalten offenlegen zu müssen. Nicht zuletzt kann der Vampir als Schuldiger für einen Mord herhalten, den durchaus ein Mensch begangen hatte.

Allgemeiner: »Among the vampire's function is that of a scapegoat for otherwise inexplicable phenomena.«[598]

Und: »In practice, the logic seems to be as follows: if something untoward happens, with no evident cause, then an (invisible) vampire was responsible. If the agent is visible (a cat, for example), and its activity seems atypical, then it may be just another visible manifestation of the vampire, who, after all, appears in many forms.«[599]

Eine Argumentationsweise, wie sie auch auf die Hexen zutreffen kann.

Es gibt Beispiele, in denen sich findige Menschen noch Anfang des 20. Jahrhunderts als Vampir verkleidet hatten, um ihren Mitbewohnern einen Schrecken einzujagen. So geschehen im serbischen Kosanica im Jahr 1912.

---

[597] Hamberger, S. 17.

[598] »Der Vampir dient unter anderem als Sündenbock für ansonsten unerklärliche Phänomene.« Barber, S. 85.

[599] »In der Praxis scheint das nach folgendem Schema abzulaufen: Wenn irgendein Unheil geschieht, für das es keine erkennbare Ursache gibt, dann wird einem (unsichtbaren) Vampir die Schuld zugeschoben. Ist der Übeltäter erkennbar (z. B. eine Katze) und sein Handeln untypisch, dann könnte er eine sichtbare Erscheinungsform des Vampirs sein, der schließlich in vielerlei Gestalt auftreten kann.« Barber, S. 87/88.

Einer der Bewohner wollte den anderen Dörflern einen Streich spielen. Um ein Haar ging der Scherz schlecht für den Mann aus. Die Leute aus Kosanica hetzten den Verkleideten, der knapp dem Tod entrann, mit Gewehren und Hunden.[600]

Dass andere makabere Spaßvögel oder einfallsreiche Diebe, die die Menschen erschreckten, um in verlassenen Häusern auf Beutesuche zu gehen, die gleichen Ideen bereits im 18. Jahrhundert hatten, ist sehr wahrscheinlich.

Und so schließt sich der Kreis

Denn hatten mutige Jäger einen solchen »Vampir« außerhalb seines Grabes gestellt, ist es nicht verwunderlich, dass der sich mit Händen und Füßen wehrte, bei der anschließenden Pfählung Blut austrat und der Blutsauger schrie, wenn er einen Pflock in die Brust getrieben bekam.

Und von den armen Scheintoten möchte ich gar nicht reden!

Man stelle sich vor: Lebendig begraben, man schreit sich heiser, dann öffnet sich der Sarg nach ein paar Tagen. Um einen herum stehen die Freunde und Verwandten, bis an die Zähne bewaffnet. Man wird geschnappt, festgehalten und bekommt zur Begrüßung einen Pflock durch den Körper gejagt!

Apropos festgehalten: Festgehalten werden kann, dass der Terminus technicus »Vampir« zum ersten Mal um 1725 Einzug in einigen wenigen Kreisen hielt, wie etwa dem Wiener Hofkriegsrat oder bei ungarischen Geistlichen. Seine große Verbreitung im deutschsprachigen Raum fand erst mit dem Vampirangriff sieben Jahre später statt.

Die Folgen: Die Nachricht schwappte ausgehend von Wien innerhalb der gelehrten Welt von Württemberg, Braun-

---

[600] Vukanovic, S. 232.

schweig, Preußen, Sachsen und Nürnberg über Zeitschriften bis nach Frankreich, England, Holland und Italien, wo sich überall rege Diskussionen entwickelten.

Die akademische Medizin, die lediglich auf die Protokolle der Feldscherer zurückgreifen konnte, sah sich in der Situation, dass die Beamten ihr anfängliches Augenmerk in erster Linie auf die Leichen richteten und weniger exakt auf die Erkrankten.

Erst später sollte eine genaue Untersuchung der Symptome einsetzen. Die mitunter erschreckende Häufung von Todesfällen führte zur Einordnung der Krankheit als »Landkrankheit«, »morbus endemicus vel epidemicus«.

Befallen wurden, sieht man sich die Berichte an, nur die serbischen, rätzischen und walachischen Grenzbewohner. Stationierte Soldaten und deutschstämmige Siedler blieben interessanterweise verschont.

Abgesehen von Miliza, handelte es sich um einen »morbus acutus« oder sogar »peracutus«, also eine kurz andauernde Krankheit mit großer Todesfolge, Glaser diagnostizierte zusammenfassend Tertian- und Quartanfieber.

Bis Tallar seine Kur vorstellte und damit eine brauchbare Therapie an die Hand gab, galt der Vampirismus, sprich die Fieberkrankheit, »febris maligna«, als unheilbar und wurde als eigenständiges Krankheitsbild in der Pathologie verankert. Wobei man das »typische« Aussehen einer Vampirleiche, von der Unverwesbarkeit bis zur Hauterneuerung, in die Diagnose mit einbezog.

In der stellenweise sehr polemisch geführten Debatte standen sich die unterschiedlichsten Meinungen in einem Gemisch aus philosophisch-medizinischen Schriften und Traktaten gegenüber.

Vor allem die westliche Kirche sprach sehr gern von »superstitio« und »ignorantia« als Ursache des Vampirglaubens.

Wenngleich der tapfere Calmet diese Meinung hin und wieder andeutungsweise durchbrach, schloss auch er sich linientreu der Verdammung an. Der Vampirismus musste verschwinden; er bedrohte zum einen den göttlichen Schöpfungsplan, der die Seele des Menschen nach dessen Tod entweder in den Himmel oder in die Hölle schickt. Der weitere Aufenthalt der Seele auf der Erde als solches Wesen ist dagegen nicht vorgesehen. Zum anderen beanspruchte der Vampir mit seiner Unverwesbarkeit die Qualität der Heiligen. Die »causa supernaturalis« als Wirkung Gottes wurde einhellig von Katholiken und Protestanten abgelehnt, zumal das Treiben der Vampire in Serbien alles andere als ein Wunder darstellte.

Trotzdem tauchte auch die Theorie einer magischen Seuche auf, zurückgeführt auf verbrecherische Zauberei und Wirkung von Dämonen oder des Teufels. Der Teufel aber, so der Einwand der Kirche, könne nichts tun ohne Erlaubnis des allmächtigen Gottes. Scheint, als arbeiteten manche Büroabteilungen von Himmel und Hölle doch zusammen.

Andere, wie Ranfft und Demelius, versuchten, tatsächlich eine Erklärung zu finden. Sie spalteten die Seele in drei unterschiedliche Substanzen auf, um den ausbleibenden körperlichen Verfall der Leiche mit der nach dem Tode weiterbestehenden »vis vegetans« zu erklären.

Ein anderes Modell, angelehnt an Paracelsus, berief sich auf den Astralgeist, der nach dem Tod eines Menschen länger benötige, um sich aufzulösen, infolgedessen er auf der Erde umherwandele.

Da merkt man doch erst wieder, wie langweilig aufgeklärt unsere heutige Welt ist.

Allgemein erkannt wurden mit Blick auf das Nichtverwesen der Leichen die Wirkung des Bodens auf die Körper, Trockenheit, luftdichte Gräber, Kälte, die eine Zersetzung verhinderten, oder feuchte Körper in wasserreichen Böden, Homogenität von kadavrösem Schwefel oder Salz und sulphurischer Luft oder salinischer Erde, die den Verfaulungsprozess aufhoben.

Das Sterben der Opfer und die Krankheit führten andere zurück auf die Intoxikation der Lebensgeister und die Verdickung des Blutes, woraus die Melancholie entsteht, eines der vampirischen Kardinaltemperamente.

Herangezogen werden zur Erklärung auch die Essgewohnheiten, exzessiver Schweine- und Schaffleischgenuss, Drogen- und Branntweinkonsum im Wechsel mit dürftiger Fastenkost. Oder schlicht eine ansteckende Seuche.

Seit den Vierzigerjahren des 18. Jahrhunderts ging vor allem die Kirche in den Angriff über und schrieb immer wieder über die Nichtigkeit des Vampirglaubens.

Doch das alleine half nicht.

Der Ruf nach einer gesetzlichen Eindämmung durch die Obrigkeit wurde immer lauter, bis Kaiserin Maria Theresia den zuvor so intensiv und mit großem Interesse und Eifer besprochenen Vampirismus beziehungsweise alle Handlungen an Leichen verbieten ließ.

Das formale Verbot der Vampire wurde erstmals 1755 und 1766 mit der »Consitutio Criminalis Theresiana« erneut ausgesprochen. Nun rückte man den Blutsaugern nicht mehr mit Pflock und Grabschaufel zu Leibe, sondern mit Paragraphen und geistiger sowie medizinischer Aufklärung. Die rituellen Gerichte wurden verboten, die behördliche Meldepflicht solcher Vorkommnisse eingeführt, die Bezahlung von offiziellen Kommissionen und somit der Anreiz abgeschafft. Tallars Kur mit Aderlass, Abstellung der Fastenkost und Brechmittel griff.

Um 1770 wurde der Vampirismus als gelöstes Phänomen und Kuriosität betrachtet, das verschwunden war und nie wieder in diesem Ausmaß auftreten sollte. Unterschlupf fand der Vampir bei den Romantikern.

Und wieder sind sich die Experten von heute ebenso uneins wie die Experten von damals. Widersprüche. Wichtige Widersprüche, die den misstrauischen Leser zum Nachdenken bringen.

Sie ergeben sich in erster Linie durch die Werke von Tekla Dömötör, Andrew MacKenzie und Jan Louis Perkowski im Gegensatz zu Anthony Masters bezüglich des Vorkommens sowie der Art des Vampirglaubens.

Masters schreibt: »Hungary, the traditional seat of vampiredom (called here the Pamgri), is also the best-documented country in this respect. Here the European vampire was at his most typical and indeed at his most violent.«[601]

Dömötör verneint dagegen in ihrem 1981 erschienen Buch »Volksglaube und Aberglaube der Ungarn« die Existenz eines typischen Vampirglaubens für Ungarn:

»Der aus einer Leiche entstehende und das Blut der Lebenden saugende Vampir ist im ungarischen Volksglauben nicht

---

[601] »Ungarn, traditioneller Sitz des Glaubens an Vampire (hier Pamgri genannt), besitzt zugleich die besten Dokumentationen zu diesem Thema. Hier trat der europäische Vampir in besonders typischer und ganz besonders grausamer Form auf.« Masters, S. 84.

bekannt. Auch der Name ist unbekannt, er gelangte erst aus der wissenschaftlichen Literatur in die Umgangssprache.«[602]
Ja, was denn jetzt?

Sie sieht die Ursache, dass Ungarn als charakteristisch für Vampirfälle gilt, vor allem in den Vampirprozessen des 18. Jahrhunderts, die zwar teilweise auf ungarischem Boden stattfanden, wobei der Glaube an Blutsauger aber aus den südslawischen Bevölkerungsschichten und nicht aus ungarischen Kreisen stamme.[603] »Auf dem heutigen Territorium ist diese blutsaugende Phantasiegestalt unbekannt.«[604]

MacKenzie, der lieber die Bezeichnung »Geist« statt »Vampir« gebraucht, beruft sich auf Gelehrte, die er während seiner Reise in Rumänien kontaktierte, und schreibt:

»Apparently there has never been a tradition of blood sucking in Romanian folkore.«[605]

Die dortigen Vampire bringen stattdessen Krankheiten über Dörfer und Vieh, verletzen und töten Menschen.[606]

Hat man beim Lesen der Berichte den Eindruck, dass das Vampirismusphänomen auf dem gesamten Balkan und im Osten zu finden war, widerspricht dem Kazimierz Moszynski, indem er sagt:

»(…) worthy of close attention is the complete lack of a special name for the vampire as well as beliefs about him as a blood-sucking being or in general a murderer of people in

---

[602] Dömötör, Tekla: Volksglaube und Aberglaube der Ungarn. Budapest 1981, S. 122.
[603] Ebda., S. 122.
[604] Ebda., S. 122.
[605] »Allem Anschein nach gab es im rumänischen Volksglauben nie eine Blutsauger-Überlieferung.« MacKenzie, S. 101.
[606] MacKenzie, S. 89.

considerable areas of Great an Byelo-Russia, most especially in Polesie.«[607]

Somit stehen Dömötörs und MacKenzies Ansichten nicht alleine.

Verwirrung, Verwirrung. Wenn es eine Taktik der Vampire sein sollte, liebe Verschwörer, geht sie voll auf.

Dass die Werke von Montague Summers mit großer Vorsicht zu genießen sind, darauf wurde hingewiesen. Ähnlich sollte man mit Basil Copper »The vampire in legend, fact and art« verfahren, der in einigen Punkten Eigenschaften des folkloristischen mit denen des literarischen Vampirs vermischt.

Copper verallgemeinert, um nur einige Beispiele zu nennen, den Umstand, dass Vampire von Kreuzen abgeschreckt werden, ebenso wie das Nichtvorhandensein eines Spiegelbildes bei Blutsaugern[608]. Die Wandlungsfähigkeit bei ihm wird reduziert auf Nebel, Wolf und Fledermaus. Blut wird aus der Kehle des Opfers gesaugt, und getötet werden kann ein Vampir nur durch einen Pflock, der ins Herz gerammt wird.[609]

Er behauptet: »On numberless occasions ancient documents have recorded that a crucifix, swiftly produced by a priest or cleric and laid on the suspected vampire's skin caused symptoms of burning and left a reddish-black mark such as that induced by scorching.«[610] Hinweise auf das genaue

---

[607] »(...) einer näheren Betrachtung wert ist die Tatsache, dass es in weiten Teilen von Groß- oder Weißrussland und hier insbesondere in Polesien weder einen eigenen Namen für den Vampir noch die Überlieferung an ein blutsaugendes oder ganz allgemein Menschen mordendes Wesen gibt.« Moszynski, S. 184.

[608] Copper, Basil: The vampire in legend, fact and art. London 1990, S. 29.

[609] Copper, S. 30.

[610] »Aus zahllosen alten Dokumenten geht hervor, dass ein Kruzifix, blitzschnell von einem Priester oder sonstigen Geistlichen hervorgeholt und auf die Haut des mutmaßlichen Vampirs gelegt, Symptome von Verbrennungen hervorrief und ein rötlich-schwarzes Mal, ähnlich einem Brandfleck, hinterließ.« Copper, S. 35.

Alter seiner »zahllosen alten Dokumente«, aus welchen Gebieten sie stammen und von wem sie angefertigt wurden, gibt Copper aber nicht.

Angemerkt sei erneut, dass das Kreuz nur gegen solche Vampire half, die als Werk des Teufels angesehen wurden.

Das Kreuz kam als Präventionsmittel an der Leiche zum Einsatz, um die Wandlung in einen Vampir zu verhindern, oder als Schutz- und Abwehrmittel. Von einer direkten Verletzung des Blutsaugers durch das christliche Symbol war in der untersuchten Literatur nie die Rede.

Und noch etwas Interessantes fiel auf.

Werden die Vampire in Film und Literatur häufig mit Fledermäusen in Verbindung gebracht (Masters nimmt die Vampirfledermäuse sogar in den Kreis der Faktoren auf, die er als relevant für die Entstehung des Vampirglaubens sieht), finden sich in der übrigen ausgewerteten Literatur widersprüchliche Hinweise auf die Verknüpfung zwischen den beiden.

Was ich sehr schade finde, wo die Fledermäuse doch so putzig sind und sozusagen zum Inbegriff von Vampiren geworden sind.

MacKenzie streitet es ab: »I wondered if any of these transformations in Romanian folk beliefs included that of the living or dead into a bat. When I referred this point to Dr. Barbulescu, he answered that there was no such belief, ›not even in the fairy tales‹.«[611]

Unterstützt wird er dabei von Paul Barber, der bemerkt:

---

[611] »Ich fragte mich, ob im rumänischen Volksglauben irgendwelche Verwandlungen von Lebenden oder Toten in Fledermäuse vorkamen. Als ich Dr. Barbulescu zu diesem Punkt befragte, erklärte er, dass es eine derartige Überlieferung nirgends gebe, nicht einmal im Märchen.« MacKenzie, S. 98.

»(...) for as important as bats are in the fiction of vampires, they are generally unimportant in the folklore.«[612]

Immerhin wird er einen Beleg für Rumänien gefunden haben, wo explizit die Fledermaus durch den Überflug einer Leiche den Toten in einen Vampir verwandelt[613]; von einer direkten Gestaltwandlung ist aber nicht die Rede.

Es war von so vielen Sagenvampiren die Rede, dass es nur legitim ist, einen Blick auf die »echten« Vampire der Geschichte zu werfen. Gemeint sind damit Persönlichkeiten, die wegen ihrer Affinität für Blut Einzug in die Geschichtsschreibung gehalten haben.

Einer der bekanntesten, fälschlicherweise von Bram Stoker zum Vampir erklärten Vertreter ist Vlad Tepes (Dracula), der von 1431 bis 1476 ein bewegtes Leben voller Höhen und Tiefen führte.

Dreimal regierte er unter dem Titel »Prinz der Walachei«, nämlich 1448, 1456-62 und 1476, und machte sich in brutalen Kriegen einen Namen als Türkenbefreier.

Die ältesten beiden Manuskripte der Horrorgeschichten über den »Pfähler« stammen von 1462; sie lagern in den Klöstern St. Gallen (Schweiz) und Lambach (Österreich).

In poetischer Form wird er in den darauffolgenden Jahren von Troubadour Michel Beheim erwähnt; daneben beschäftigte sich auch Papst Pius II. mit den Berichten über die Grausamkeiten, die sein Legat aus Buda sandte.[614]

---

[612] »(...) denn so wichtig Fledermäuse in Vampir-Romanen sind, so wenig bedeutsam sind sie in der Regel im Volksglauben.« Barber, S. 33.

[613] Barber, S. 33.

[614] McNally, Raymond T.: In search of Dracula. A true history of Dracula and vampire legend. London 1973, S. 110.

Zahlreiche Pamphlete berichteten von den Taten des Woiwoden, der keine Unterschiede zwischen seinen Opfern machte, weder auf Religionszugehörigkeit noch auf Alter und Geschlecht achtete.

In erster Linie berichteten die Blätter von den Pfählungen, die ihm seinen Beinamen »Tepes« (der Pfähler) einbrachten, daneben vom Sieden der Opfer in Wasser und Öl, von Verstümmlungen und Kannibalismus.[615]

Nüchterne, diplomatische Berichte bezeugen die Gräueltaten des Walachen, der laut Legat Nicholas von Modrussa einmal 40 000 und laut dem Bischof von Erlau im Jahre 1475 100 000 Menschen hinrichten ließ.[616]

Bei allen Taten ist er aber niemals als »Vampir« oder mit einem vergleichbaren Ausdruck belegt worden, eher mit »Wüterich«, »Schlächter«, »Berserker« und »Pfähler«.[617] Wir würden sagen: ein extremer Psychopath.

Und auch heute ist der Woiwode und rumänische Volksheld, den sich Nicolae Ceausescu wegen seiner Unbeugsamkeit zum Vorbild genommen hatte, weit entfernt davon, in seinem ursprünglichen Herrschaftsgebiet als Vampir gesehen zu werden. »(...) that there is now no connection between Vlad Tepes and the vampire in the folklore.«[618]

Übrigens, das sei angemerkt, in einer Version seines Ablebens wurde Tepes in seiner letzten Schlacht gegen die Türken im Dezember 1476 in der Nähe von Bukarest geköpft. Sein Kopf wurde in Honig konserviert und dem Sultan als Beweis

---

[615] McNally, S. 112.
[616] McNally, S. 114/115.
[617] McNally, S. 150.
[618] »(...) dass es heute keinerlei Verbindung zwischen Vlad Tepes und dem Vampir im Volksglauben gibt.« McNally, S. 151.

seines Todes überbracht – ein Vampir ohne Kopf ist aber nicht denkbar.

Rund einhundert Jahre nach seinem Tod machte eine Frau von sich reden. Elisabeth Barthory, geboren 1560 in einem Gebiet Ungarns, das an die Karpaten stößt, lebte nach ihrer Heirat mit dem Grafen Frencz Nadasdy auf der Burg Csejthe im Nordwesten des Landes.[619]

Aus Angst, ihre Schönheit zu verlieren, ließ sie ab 1600 Mädchen aus der Umgebung fangen, in deren Blut sie badete und von dem sie trank, um sich die Jugend zu erhalten.

Als König Mathias von Ungarn den Gouverneur der Region am 30. Dezember 1610 zur Burg schickte, um dem Treiben ein Ende zu bereiten, entdeckte der Trupp mehrere Mädchen im Verlies und die Leichen von fünfzig weiteren, die unterhalb der Burg vergraben worden waren.[620] Andere sprechen sogar von sechshundertfünfzig Mädchen, die dem Blutbedarf von Elisabeth Barthory zum Opfer gefallen sein sollen.[621]

Aufgrund ihrer einflussreichen Familie wurde die Gräfin nicht hingerichtet, sondern in ihrer Burg unter Hausarrest gestellt, wo sie 1614 starb.[622]

Im vergangenen Jahrhundert trieben ebenfalls Vampire ihr Unwesen.

Allen voran stand Fritz Haarmann, tituliert als »Vampir von Hannover«. Er lud seine Opfer zum Essen ein und tötete

---

[619] McNally, S. 157.
[620] McNally, S. 158.
[621] Farson, Daniel / Hall, Angus: Geheimnisvolle Wesen und Ungeheuer. Hongkong 1979, S. 124.
[622] McNally, S. 159.

sie beim Nachtisch mit einem Biss in die Kehle. Die Leichen verarbeitete Haarmann, 1925 enthauptet, hinterher in seiner Metzgerei.[623] Aufschnitt mal anders.

Ein paar Jahre später war der »Vampir von Düsseldorf« unterwegs. Peter Kürten, der behauptete, er könne das Blut seiner Opfer in den Adern rauschen hören, wurde wegen seiner Verbrechen 1931 hingerichtet; sein britischer »Kollege« John Haigh, der »Vampir von London«, endete 1949 am Strick. Beide hatten Lustempfindungen beim Anblick fließenden Blutes, nekrophil veranlagt waren sie jedoch nicht.[624]

Im Gegensatz dazu standen der Franzose Sergeant Bertrand, der »Vampir der Pariser Friedhöfe«, sowie Victor Ardisson, der »Vampir von Muy«.[625]

Ganz ruhig wurde es nie um die Blutsauger der Sage, auch nicht im 20. Jahrhundert.

Berichtet wird von einer Zigeunerin, die der Autor auf einer Reise in Capatineni traf und die sich an eine Vampirpfählung 1939 und 1940 erinnerte.[626]

Hingewiesen sei an dieser Stelle noch einmal auf die »Dhampire«, die bis 1945 ihre Dienste als Vampirjäger anboten, wobei man im Umkehrschluss vermuten darf, dass bis dato ein Bedarf und damit ein Vampirglaube bestand.

Die *Times* meldete am 17. Mai 1969 unter der Überschrift »Beware Vampires«, dass Bewohner des westpakistanischen Dorfes Okara trotz größter nächtlicher Hitze in ihren Häusern schliefen, weil sie sich vor umherstreifenden Vampiren

---

[623] Sturm/Völker, S. 86.
[624] Sturm/Völker, S. 85.
[625] Sturm/Völker, S. 86.
[626] McNally, S. 145.

fürchteten. Mehrere tote Schafe wurden auf Vampire zurückgeführt.[627]

Im selben Jahr hieß es am 31. Juli reißerisch »Vampire Charge!«. In Medan, Nordsumatra, wurde ein Mann verurteilt, weil er mehreren Säuglingen das Blut ausgesaugt hatte.[628]

In den 1970ern rollte eine kleine Vampirwelle über England hinweg.

1970 stürmten rund einhundert selbst ernannte Vampirjäger den Londoner Highgate-Friedhof, nachdem sie von einem angeblich zwei Meter großen Vampir gehört hatten, der dort über die Gräber fliegen solle. Leichen wurden ausgegraben und mit Eisenstäben durchbohrt. Der vermeintliche Anführer, David Farrant, der sich als »Hoher Priester der Okkultischen Gesellschaft« bezeichnete, kam wegen Anstiftung für fünf Jahre ins Gefängnis.[629]

1973 folgte der Tod des achtundsechzigjährigen polnischen Einwanderers Demetrius Myiciura, der als Töpfer in Stoke-on-Trent arbeitete. Der Pole erstickte nach Behördenmeinung im Bett an einer wahrscheinlich versehentlich im Schlaf verschluckten Knoblauchzehe.

In seinem Zimmer war, laut den Angaben der Polizeibeamten, überall Salz auf dem Boden verstreut; auf dem äußeren Fenstersims lag eine umgestülpte Schüssel, die ein Gemisch aus Kot und Knoblauch bedeckte.[630]

Verstreutes Salz, Kot und Knoblauch – alles dazu geeignet, einen Vampir aufzuspüren und ihn gleichzeitig abzuwehren. Dass ein anderer Mensch den Toten vielleicht gefunden und

---

[627] The Times, 17. May, London 1969.
[628] The Times, 31. July, London 1969.
[629] Farson/Hall, S. 13.
[630] Farson/Hall, S. 9.

ihn aus Angst, der Mann könnte zum Vampir werden, so drapiert hatte, wurde niemals in Erwägung gezogen.

Diese Vorfälle lösten wiederum einige Veröffentlichungen zum Thema Vampirismus aus, allerdings nicht mehr in dem Umfang, wie das 1732 der Fall war.

An dieser Stelle komme ich einfach nicht darum herum, einen Mann zu erwähnen: Dr. Stephen Kaplan.

Über seinen Namen stolpert man immer wieder, wenn man nach modernen Vampirforschern sucht. Er ist wohl der Leiter des »Vampire Research Center« in New York und definiert Vampire als eigene Art der Gattung Mensch, welche die Inhaltsstoffe des Blutes vollständig absorbieren.

Nun ja. Seine Thesen, Ansichten und Deutungen sind sehr eigenwillig und wissenschaftlich nicht untermauert, deswegen möchte ich nicht weiter auf ihn und sein Buch »Vampires are« eingehen. Aber er musste einfach erwähnt werden, um das Spektrum vollständig zu machen. Dem Leser seien eigene und sehr kritische Nachforschungen empfohlen.

Zurück zum Fundierten.

Kleinere Vampirwellen tauchen sporadisch in ganz anderen Bereichen auf: Literatur, Fernsehen und Kino.

Die Romantisierung des Vampirs geht, das sei nur am Rande bemerkt, auf die Literatur des späten 18. und frühen 19. Jahrhunderts zurück, die den Blutsauger als Motiv aufgenommen hatte und ihn zu ihren Zwecken weich zeichnete – jedenfalls im direkten Vergleich zu den »echten« Exemplaren.

Und auch wegen einer bestimmten Sache: der Sexualität! Ich sage nur »wilde Zeichen« und nächtliche Besuche bei Frauen.

Das Bösartige des Vampirs wurde durch die Romantik verklärt. Der Vampirbiss wandelte sich in einen Todeskuss, ganz in der Art, wie er auf den Bildern von Hans Baldung Grien zu sehen ist: »Der Tod und das Mädchen« und »Der Tod und die Frau«. Auf den Darstellungen nähert sich der skelettartige Tod schönen, nackten Frauen und beißt sie. Was schwer an die Art der späteren literarischen Vampire erinnert.

Zu lyrischen Ehren kam der Vampir bereits 1753 in Heinrich August Ossenfelders »Der Vampir«, veröffentlicht im »Naturforscher«. Die Tendenz, die erotische Seite des Blutsaugers in den Vordergrund zu stellen, ist darin klar ersichtlich, Liebe und Tod werden kombiniert. Diese Tendenz sollte sich mit Lord Georg Gordon Noel Byron sowie William Polidori, Heine, Goethe und Novalis in der Romantik fortsetzen. 1828 wurde der Blutsauger auch musikalisch bühnenreif und Heinrich Marschners große romantische Oper »Der Vampyr« in Leipzig aufgeführt.

Diesen Schriftstellern, und keinesfalls den Wissenschaftlern, ist es vermutlich zu verdanken, dass der Vampir niemals ganz verschwunden ist, bevor er eine triumphale Rückkehr durch Stoker feierte.

Da wir dem Iren den bekanntesten aller Vampirromane verdanken, zum Abschluss noch ein paar Worte zu ihm.

Abraham (Bram) Stoker, geboren 1847 in Dublin, begann, inspiriert durch le Fanus »Carmilla«, mit einem Roman.

Bei seinen Nachforschungen über alte Vampirlegenden stieß er im Britischen Museum auf James Frazers Band »The Golden Bough« (London 1890), der ihn bei seinem Dracula-Roman nachhaltig beeinflusste. Eine weitere wichtige, eher geografische Quelle bot Emily Gerards »The Land beyond the Forest«. Transsylvanien erscheint in beiden Büchern als Ort vielfältigen Vampirglaubens. Der Name Dracula begegnete Stoker erstmals 1890. Vom ungarischen Orientalisten Hermann Vanbery hörte er von Vlad Tepes und den Überlieferungen, die über den Fürsten in Rumänien verbreitet wurden.

Inspirieren ließ sich Stoker aber nicht nur von le Fanus »Carmilla«, sondern auch von Lord Byrons »The Vampyre«, in der der Blutsauger als charismatischer Aristokrat namens Lord Ruthven London und den Kontinent bereist. Er wird als hagere, hochgewachsene Gestalt mit durchdringenden Augen beschrieben, umgeben von einer rätselhaften Melancholie.

Zum ersten Mal wird aus dem Vampir kein tobendes Monster, sondern er verfügt über eine gewisse Bildung, über gutes Benehmen. Und eine ordentliche Portion Arroganz. Der romantische Vampir betritt die literarische Bühne.

Aus diesen Zutaten mengte Stoker seinen Roman »Dracula« zusammen.

So, das war ein Ritt durch die Vampirmythologie, durch die Zeit, wissenschaftlich, geschichtlich, auch mal über die Grenzen des Belegbaren hinaus.

Erstaunlich, wie viel es zu den Beißern gibt.

Erstaunlich, wie viel immer noch nicht geklärt ist.

Und was ist jetzt mit der Verschwörungstheorie der Vampire?

Hat Kaplan recht?

Haben die Rationalisten recht?

Dazu sage ich nur: Viel Spaß beim Nachforschen!

Literaturverzeichnis

1. Primärliteratur und Quellen

1. Anonymus: Actenmäßige und umständliche Relation von denen Vampiren oder Menschen-Saugern, welche sich in diesem und vorigen Jahren im Königreich Servien hervorgethan. Nebst einem Raisonnement darüber und einem Hand-Schreiben eines Officiers des Printz Alexandrischen Regiments aus Medwedia in Servien an einem berühmten Doctorem der Universität Leipzig. Leipzig 1732.
2. Applebee's Original Weekly Journal by Philip Sidney, Esq. (Saturday, May 27, 1732). London 1732.
3. Böhm, Martin: Die drei grossen Landtplagen. 23 Predigten erkleret durch Martinum Bohemum Laubanensem, Predigern daselbst. Wittenberg 1601.
4. Calmet, Augustin: Über Geistererscheinungen. Regensburg 1855[2.]
5. Cariaccoli, Louis Antoine: La vie du Pape Benoit XIV. Paris 1783.
6. Commercium litterarium ad rei Medicae & scientiae naturalis incrementum institutum, quo quicquid novissime observatum, agitatum, scriptum vel percatum est (Hrsg. Johann Christoph Götz, Johann Heinrich Schultz, Christoph Jacob Treu), 1731 und 1732, Sammelband Nürnberg 1733.
7. Curiöser Geschichtskalender des Herzogtums Schlesien. Leipzig 1698.
8. Demelius, Christoph Friedrich: Philosophischer Versuch, ob nicht die merckwürdige Begebenheit derer Blutsauger in Nieder-Ungarn, A. 1732 geschehen, aus denen principiis naturae, insbesondere aus der sympathia rerum naturalium und denen tribus facultatibus hominis könne erleutert werden. Weimar 1732.

9. Des Herrn Marquis d'Argens, Königl. Preuß. Kammerherrs und Directors der Philolog. Classe d. K. Akademie der Wissenschaften, »Jüdische Briefe« oder phil., hist. und critischer Briefwechsel zwischen einem Juden, der durch verschiedene Länder von Europa reiset, und seinen Correspondeten an anderen Orten. 1.–6. Theil. Berlin/Stettin 1763–66 (Erstausgabe 1738).
10. Eines Weimarischen Medicus mutmaßliche Gedanken von denen Vampiren oder sogenannten Blut-Saugern. Leipzig 1732.
11. Erlaß Maria Theresias. Wien 1. 3. 1755.
12. Genteman's Magazine, or Monthly Intelligencer, 2 (May 1732). London 1732.
13. Görres, Josef von: Über Vampyre und Vampyrisierte. In: Christliche Mystik. Regensburg 1840.
14. Gutachten der Königlich Preußischen Societät derer Wissenschafften von denen Vampyren oder Blut-Aussaugern, 11. März, Berlin 1732.
15. Harenberg, Johann Christoph: Vernünftige und christliche Gedanken über die Vampirs oder blut-saugenden Todten, so unter den Türcken und auf den Grenzen des Servien-Landes den lebenden Menschen und Viehe das Blut aussaugen sollen, begleitet mit allerley theologischen, philosophischen und historischen aus dem Reiche der Geister hergeholten Anmerkkungen und entworffen von Johann Christoph Harenberg, Rector der Stiffts-Schule zu Gandersheim. Wolfenbüttel 1733.
16. Kramer, Johann Georg Heinrich: Cogitationes de Vampyris Serviensibus. In: Commercium litterarium, Hebd. XXXVII. Nürnberg 1732.
17. Lauterbach, Samuel Friedrich: Kleine Fraustädtische Pest-Chronica. Leipzig 1701.
18. Le Glaneur historique, moral, littéraire, galant et calottin ou recueil des principaux événements arrivés dans les courant de cette année, accompagnés de reflexions. On y trouve aussi les pièces fugitives, les plus curieuses, qui ont paru tant en vers

qu'en prose, sur toutes sortes de sujets, & en particullier sur les affaires du temps. Pour l'année 1732 (A la Haye, 1732), Tome II, Nr. 18: »Pour Lundi, 3 Mars 1732«.
19. Luther, Martin: Tischrede Nr. 6823; in: Werke, Bd. 6. Weimar 1921.
20. Meil, W.: Taschenbuch für Aufklärer und Nichtaufklärer. Berlin 1791.
21. Mercure de France. Paris (Mars) 1732.
22. Mercure historique et politique, contenant l'état présent de l'europe, ce qui se passe dans toutes les cours. 101. Parme et La Haye (Juillet) 1736.
23. Miscellanea Physico-Medico-Mathematica, oder Angenehme curieuse und nützliche Nachrichten von Physical- und Medicinischen, auch dahin gehörigen Kunst- und Literatur-Geschichten, welche in den Winter- und Frühlingsmonaten des Jahres 1728 in Teutschland und anderen Reichen sich zugetragen oder bekannt geworden sind etc. (Hrsg. Andreas Elias Büchner). Erfurt 1732.
24. Neue Sammlung *merkwürdiger Geschichten von unterirdischen Schätzen* von C. E. F. Breslau/Leipzig 1756.
25. Nodier, Charles: Vampirismus und romantische Gattung. Aus: Mélanges de littérature et de critique. Tome I. Paris 1820.
26. Posttägliche(n) Frag- und Anzeigungs-Nachrichten des Kaiserlichen Frag- und Kundschafts-Amts in Wien. Wien 1732.
27. Ranfft, Michael: De masticatione mortuorum in tumulis. Leipzig 1728, dt. Tractat von dem Kauen und Schmatzen der Todten in Gräbern, worin die wahre Beschaffenheit derer Hungarischen Vampyrs und Blutsaugern gezeiget, auch alle von dieser Materie bißher zum Vorschein gekommene Schrifften recensiret werden. Leipzig 1734.
28. Rohr, Philipp: Dissertatio Historico-Philosophica de Masticatione Mortuorum. Leipzig 1679.
29. Rzaczynski, Gabriel: Historia Naturlais Curiosa Regni Poloniae. Tractat XIV. Sandomir 1721.

30. Schertz, Karl Ferdinand, Freiherr von: Magia Posthuma. Olmütz 1706.
31. Schütze, Heinrich Carl: Vernunft- und Schriftmäßige Abhandlungen von Aberglauben, nebst einem Anhang von Astral-Geist. Werningerode 1757.
32. Stein, Graf Otto vom Graben zum: Unterredungen von dem Reiche der Geister. Leipzig 1730.
33. Swieten, Gerard Van: Abhandlung des Daseyns der Gespenster, nebst einem Anhange von Vampyrismus. Augsburg 1768.
34. Tallar, Georg: Visum Repertum Anatomico-Chirurgicum oder gründlicher Bericht von den sogenannten Blutsäugern. Wien und Leipzig 1784.
35. The Craftsman, Numb. 307, (Saturday, May 20, 1732). London 1732.
36. The London Journal, Numb. 663 (Saturday, March 11, 1731–2). London 1732.
37. The Times, 17. May. London 1969.
38. The Times, 31. July. London 1969.
39. Visum et repertum, Über die sogenannten Vampirs, oder Blut-Aussauger. Nürnberg 1732.
40. Vogt, Gottlob Heinrich: Kurtzes Bedencken von denen Actenmäßigen Relationen wegen derer Vampiren, oder Menschen- und Vieh-Aussaugern. Leipzig 1732.
41. Voltaire, Francois: Vampire. Dictionnaire Philosophique. In: Œuvres Complètes, Band 37–43. Kehl 1785.
42. Zopf, Johann Heinrich: Dissertatio de Vampyris Serviensibus. Duisburg 1733.

2. Sekundärliteratur

1. Afanas'ev, Aleksandr: Poetic Views of the slavs regarding Nature. In: Perkowski, Jan Louis: Vampires of the Slavs. Cambridge 1976.

2. Alseikaite-Gimbutiene, Marija: Die Bestattung in Litauen in der vorgeschichtlichen Zeit. Tübingen 1946.
3. Andree, Richard: Ethnographische Parallelen und Vergleich. Stuttgart 1878.
4. Balassa, Ivan / Ortutay, Gyula: Ungarische Volkskunde. München 1982.
5. Barber, Paul: Vampires, burial and death. folklore and reality. Nachdruck von 1941. New York 1988.
6. Bargheer, Ernst: Eingeweide: Lebens- und Seelenkräfte des Leibesinneren im deutschen Glauben und Brauch. Leipzig 1931.
7. Blum, Richard / Blum, Eva: The dangerous hour. The lore of crisis and mystery in rural greece. New York 1970.
8. Brunner, Dr. Karl: Ostdeutsche Volkskunde. Leipzig 1925.
9. Burkhart, Dagmar: Vampirglaube und Vampirsage auf dem Balkan. In: Beiträge zur Südosteuropa-Forschung. München 1966.
10. Cajkanovic, Veselin: The killing of a Vampire. Folklore Forum 7:4 (1974).
11. Copper, Basil: The vampire in legend, fact and art. London 1990[2.]
12. Cremene, Adrien: La mythologie du vampire en Roumanie. Monaco 1981.
13. d'Elvert, Christian: Das Zauber- und Hexenwesen. Brünn 1859.
14. Der kleine Ploetz. Freiburg/Würzburg 1996[56.]
15. Der Spiegel, 48/1967
16. Die Bibel oder die Heilige Schrift des Alten und Neuen Testaments nach der Übersetzung Martin Luthers. Stuttgart 1984[83.]
17. Dömötör, Tekla: Volksglaube und Aberglaube der Ungarn. Budapest 1981.
18. Drechsler, Paul: Sitte, Brauch und Aberglaube in Schlesien. Leipzig 1903.
19. Farson, Daniel / Hall, Angus: Geheimnisvolle Wesen und Ungeheuer. Hongkong 1979.

20. Filipovic, Milenko: Die Leichenverbrennung bei den Südslaven. Wiener völkerkundliche Mitteilungen 10 (1962).
21. Gerschke, Leo: Vom Vampirglauben im alten Westpreussen, Westpreussen-Jahrbuch 12 (1962).
22. Haase, Felix: Volksglaube und Brauchtum der Ostslawen. Hildesheim/N.Y. 1980.
23. Hamberger, Klaus: mortuus non mordet. Kommentierte Dokumentation zum Vampirismus 1689–1791. Wien 1992.
24. Handwörterbuch des deutschen Aberglaubens (Hrsg. Hoffmann-Krayer, E. / Bächtold-Stäubli, Hanns). Berlin/Leipzig 1934/35.
25. Harmening, Dieter: Der Anfang von Dracula. Zur Geschichte von Geschichten. Würzburg 1983.
26. Havekost, Peter: Die Vampirsage in England. Diss., Halle 1914.
27. Hellwig, Dr. Albert: Verbrechen und Aberglaube. Skizzen aus der volkskundlichen Kriminalistik. Aus: Aus Natur und Geisteswelt. Sammlung wissenschaftlich-gemeinverständlicher Darstellungen, Band 212. Leipzig 1908.
28. Hertz, Dr. Wilhelm: Der Werwolf. Beiträge zur Sagengeschichte. Stuttgart 1862.
29. Hock, Dr. Stefan: Die Vampyrsagen und ihre Verwertung in der deutschen Litteratur. Berlin 1900.
30. Ingpen, Robert / Page, Michael: Encyclopaedia. Augsburg 1991.
31. Jaworskij, Juljan: Südrussische Vampyre. Zeitschrift des Vereins für Volkskunde 8 (1898).
32. Jellinek, A.: Zur Vampyrsage. Zeitschrift für Volkskunde 14 (1904).
33. Kirchner, Joachim (Hrsg.): Das deutsche Zeitschriftenwesen, seine Geschichte und seine Probleme. Von den Anfängen bis zum Zeitalter der Romantik. Bd. I. Wiesbaden 1958.
34. Klaniczay, Gábor: Heilige, Hexen, Vampire. Vom Nutzen des Übernatürlichen. Berlin 1981.

35. Klapper, Joseph: Die schlesischen Geschichten von den schädigenden Toten. Mitteilungen der schlesischen Gesellschaft für Volkskunde 11 (1909).
36. Knoop, Otto: Volkssagen, Erzählungen, Aberglauben, Gebräuche und Märchen aus dem östlichen Hinterpommern. Posen 1885.
37. Krauß, Friedrich S.: Slavische Volksforschungen. Leipzig 1908.
38. Kuhn, A. :Märkische Sagen und Märchen nebst einem Anhange von Gebräuchen und Aberglauben. Berlin 1843.
39. Lee, B. Demetracopoulou: Greek accounts of the vrykolakas. Journal of american Folkore 55 (1942).
40. Lenormant, Fancois: La Magie chez les Chaldéens. Paris 1874.
41. Leubuscher, Dr. Rud.: Ueber die Wehrwölfe und Thierverwandlungen im Mittelalter. Ein Beitrag zur Geschichte der Psychologie. Berlin 1850.
42. Lexi-Rom, Meyers Lexikonverlag, 1996.
43. Liebrecht, Felix: Zur Volkskunde. Alte und neue Aufsätze. Heilbronn 1879.
44. Lilek, Emilian: Familien- und Volksleben in Bosnien und in der Herzegowina. Zeitschrift für österreichische Volkskunde 6 (1900).
45. Löwenstimm, August: Aberglaube und Strafrecht. Berlin 1897.
46. Máchal, Jan: Slavic Mythology. In: Perkowski: Vampires of the Slavs.
47. Mackensen, Lutz: Geister, Hexen und Zauberer in Texten aus dem 17. und 18. Jahrhundert. Dresden 1938.
48. MacKenzie, Andrew: Dracula Country. Travels and Folk Beliefs in Romania. London 1977.
49. Mannhardt, W.: Die praktischen Folgen des Aberglaubens. In: Deutsche Zeit- und Streitfragen VII (1878).
50. Mannhardt, W.: Über Vampyrismus. In: ZS für deutsche Mythologie und Sittenkunde, Bd. IV (1859).
51. Masters, Anthony: The Natural History of the Vampire. New York 1972.

52. McNally, Raymond T.: In search of Dracula. A true history of Dracula and vampire legend. London 1973.
53. Meyer, Hans B.: Das Danziger Volksleben. Würzburg 1956.
54. Mogk, Eugen: Gestalten des Seelenglaubens. Gespenster. In: Grundriss der germanischen Philologie, Straßbourg 1897.
55. Moszynski, Kazimierz: Slavic Folk Culture. In: Perkowski: Vampires of the Slavs.
56. Oxford English Dictionary. Bd. XIII. Oxford 1961.
57. Perkowski, Jan Louis: Vampires of the Slavs. Cambridge 1976.
   Ders.: The Vampire – A study in Slavic bi-Culturism. In: ders.: Vampires of the Slavs.
   Ders.: Vampires, Dwarves an Witches among the ontario kashubs. In: ders.: Vampires of the Slavs.
   Ders.: A recent vampire death. In: ders., Vampires of the Slavs.
   Ders.: The romanian Folkloric Vampire. East european Quaterly 16:3 (Sept 1982).
58. Ralston, W. R. S.: The songs of the russian people. London 1872.
59. Robert, E.: Les Slaves de Turquie. Paris 1844.
60. Schmidt, Bernhard: Der böse Blick und ähnlicher Zauber im neugriechischen Volksglauben. In: Neue Jahrbücher für das klassische Altertum, Geschichte und deutsche Literatur 16 (1913).
61. Schneeweis, Edmund: Serbokroatische Volkskunde. Berlin 1961.
62. Schröder, Aribert: Vampirismus. Seine Entwicklung vom Thema zum Motiv. Frankfurt am Main 1973.
63. Senn, Harry A.: Were-Wolf and Vampire in Romania. East European Monographs. Boulder 1982.
64. Stern, B.: Geschichte der öffentlichen Sittlichkeit in Rußland, Bd.I,
65. Strackerjan, L.: Aberglaube und Sagen aus dem Herzogthum Oldenburg. Vol.1. Oldenburg 1867.
66. Sturm, Dieter / Völker, Klaus (Hrsg.): Vom Erscheinen der Vampire. Dokumente und Berichte. München 1973.
67. Summers, Montague: The Vampire in Europe. Guildford 1980.

68. Ders.: The Vampire. His Kith and Kin. London 1928.
69. Temme, J. D. H.: Die Volkssagen von Pommern und Rügen. Hildesheim/New York 1976.
70. Trigg, Elwood B.: Gypsy Demons and Divinities: The Magic and Religion of the Gypsies. New York 1973.
71. Vakarelski, Christo: Bulgarische Volkskunde. Berlin 1968.
72. Vasmer, Max: Russisches Etymologisches Wörterbuch. Bd. I. Heidelberg 1955–58.
73. Veckenstadt, Edmund: Wendische Sagen, Märchen und abergläubische Geschichten. Graz 1880.
74. Vukanovic, Prof. T. P.: The Vampire. In: Perkowski, Jan Louis: Vampires of the Slavs.
75. Weigand, Gustav: Volksliteratur der Aromunen. Leipzig 1894.
76. Wright, Dudley: Vampires and Vampirism. London 1924^2.
77. Wuttke, Adolf: Der deutsche Volksaberglaube der Gegenwart. Hamburg 1860.
78. Zenker, E. V.: Geschichte der Wiener Journalistik von den Anfängen bis zum Jahre 1848. Wien/Leipzig 1892.

Markus Heitz
Die Mächte des Feuers
Roman. 576 Seiten. Serie Piper

Der epische Bestseller von Markus Heitz: Seit Jahrhunderten werden die Geschicke der Welt in Wahrheit von übermächtigen Wesen gelenkt, den Drachen. Sie entfachen politische Konflikte, stürzen Könige und treiben Staaten in den Krieg. Doch nun schlagen die Menschen zurück … Im Jahr 1925 untersucht die Drachentöterin Silena eine Reihe mysteriöser Todesfälle. Immer neue geheimnisvolle Gegenspieler und Verbündete erscheinen. Silena wird in einen uralten magischen Konflikt verstrickt. Stecken Drachen dahinter, oder muss sie sich einem ganz anderen Gegner stellen?

»Fantasy und Horror in einem feurig fesselnden Gemisch.«
Bild am Sonntag

A. Lee Martinez
Diner des Grauens
Wir servieren Armageddon mit Pommes Frites! Aus dem Amerikanischen von Karen Gerwig. 352 Seiten. Serie Piper

Willkommen im Diner des Grauens, wo Zombie-Angriffe an der Tagesordnung sind und du niemals weißt, was im Kühlschrank lauert! Als die beiden Kumpels Earl und Duke mit ihrem uralten Pickup bei dem Wüstenimbiss Halt machen, trifft es sie hammerhart: Zombie-Kühe, eine monströse Bardame, singende Yucca-Palmen und liebreizende Friedhofsgeister sind erst der Anfang. Doch Earl und Duke wären nicht der coolste Vampir und der fetteste Werwolf der Welt, wenn sie solche Probleme nicht auf ihre ganz eigene Art lösen würden … Lustiger als die »Muppet-Show« und blutiger als »From Dusk till Dawn« – nach A. Lee Martinez werden Fantasy und Horror nie mehr sein wie zuvor!

»Der größte Spaß seit Douglas Adams und das verrückteste Debüt aller Zeiten!«
Publishers Weekly

David Wellington
Der letzte Vampir
Roman. Aus dem Amerikanischen von Andreas Decker. 384 Seiten.
Serie Piper

Die junge Polizistin Laura Claxton ermittelt in Pennsylvania an der Seite des mürrischen US-Marshalls Arkeley. Der ist einer der letzten Experten, die sich auf die Jagd nach Vampiren spezialisiert haben – die Blutsauger gelten als nahezu ausgerottet. Doch dann geraten die Cops in einen Hinterhalt. Der übermächtige Vampir Converge fällt im Blutrausch über Lauras Team her. Laura kommt mit dem Leben davon, doch nun beginnt ein Albtraum, der geradewegs der Hölle entsprungen ist. Die Vampire sind zurück, und sie verfolgen einen finsteren Plan, der die Welt für immer verändern wird. Ein gnadenloser Krieg gegen die Menschen beginnt. Und Laura muss erkennen, dass inmitten des apokalyptischen Kampfes jeder seine eigenen Ziele verfolgt...

David Wellington
Krieg der Vampire
Thriller. Aus dem Amerikanischen von Andreas Decker. 368 Seiten.
Serie Piper

Nie wieder – das hat sich Detective Laura Caxton nach dem letzten Gefecht gegen die Vampire geschworen. Doch nun taucht ihr alter Partner Jameson Arkeley wieder auf und bittet sie um Hilfe. In Pennsylvania wurden neunundneunzig Vampirsärge gefunden. Caxton und Arkeley stellen fest, dass die Herzen der Vampire entfernt wurden. Doch dann kehrt der hundertste Vampir zurück, um eine Armee der Untoten zum Leben zu erwecken – und eine gnadenlose Jagd auf die Menschen zu eröffnen.

»Action pur vom neuen Horrorstar David Wellington.«
Publishers Weekly

SERIE PIPER